JN315453

新 潮 文 庫

生きてゆく力

宮尾登美子著

新 潮 社 版

9552

目次

第一部　心に突き刺さる思い出

耐え忍んだ貧しさ

運命を受け入れて

昭和への愛着

いまわのきわに食べたいものは

第二部　感動を拾い集めて

生きてゆく力

第一部　心に突き刺さる思い出

耐え忍んだ貧しさ

赤貧の裏長屋

私、生まれは大正十五年四月なので、たった七日しかなかった昭和元年からずっと、昭和を生きて来た人間である。

平成に替わってのちも、自分の年を昭和で数えるという便利な習慣から抜け切れないままま、ただいまもなお昭和八十年（二〇〇五年）。ただしこれは頭のなかでものを計算するときの話。

しかし平成と区切らず、長い昭和を振り返ってみれば、もろもろの見聞は胸のうちに積もり、これを後続の皆さまに話しておきたいとふと思うこともある。話は、勝手ながら思いつくままに進めさせて頂きたいが、まずは貧しさ。

貧乏、という言葉は、いまでこそ口にすることが少なくなったが、昭和初年の経済恐慌《きょうこう》のころは、命がけのひびきを持った言葉だったといえると思う。

私がもの心ついたころ、父の職業は「芸妓《げいぎ》娼妓《しょうぎ》紹介業」という、女子を妓楼《ぎろう》にあっせんする仕事だった。

家の職業のため、私がどれだけ苦しんだか、父への怨《うら》みと憤りのために作家を志したようなもので、げんに拙著『櫂《かい》』、『春燈《しゅんとう》』などにはその怒りをぶちまけてある。

しかし父逝《ゆ》いてすでに五十年余り、世も移り、価値観も変わってみれば、私自身のものの見かたも少しばかり冷静になって来たかという感はある。

考えてみれば戦前、女が身売りをするのは決して伊達《だて》や酔興でなく、親兄弟一家眷《けん》族《ぞく》を救うための、ギリギリの選択手段だった。

私の生まれた高知市緑町の裏側には、その日の米代にも困る人たちが住む棟割《むねわり》長屋が広がっており、その戸数、百軒はあっただろうか。

いま、景気は低迷しているが、このころの不景気はこんなものではなく、働こうにも職はなく、飢えをしのぐには壁をこわし、その壁土の中に塗り込んである土だらけの藁《わら》の切れっぱしを食べた人もあるという。

当然、疫病《えきびょう》にもやられ、猛威をふるったかのスペイン風邪で、長屋からは毎日のように棺《ひつぎ》が連なって出たという話も聞いた。

むろん自殺者も少なくなく、誰もやり手のないこの地区の町内会長を進んで引き受けた父におぶわれ、一日、縊《い》死《し》者の家の前まで行った私はそのとき六つ。固く目をつぶっていたはずなのに、何故《なぜ》か、ぶら下がっていた二本の足がいまも瞼《まぶた》に灼《や》きついて離れない。

こういう状況のなかでは、一家に女の子がいれば唯一《ゆいいつ》の救いとなり、親子別れのつらさよりも一家全員、今日の命の保証があるほうを選択したことは容易に判《わか》る。無学な父が、この仕事を「親孝行の手助け」と信じ、となり町から裏長屋を抱えた緑町へと引っ越して来たことも、いまは理解できなくもない。

当時の福祉行政はまだまだ貧しいものだったし、身を挺《てい》して一家を助ける女の子は町内のほめられ者となり、泣きながらも、

「私ひとり、これからは三度のお飯《まんま》が食べられることになって、みんなに申しわけない」

と、かえって残る家族を気づかったという、せつない話もある。

赤貧洗うが如《ごと》し、の言葉の意味は、何も彼《か》も洗い流したように一物も無いこと、とあるが、たしかに裏長屋の人たちの暮らしは、一間きりの部屋のなかには何もありはしなかった。

そして売るべき女の子を持たない人たちは、いったいどんな暮らしをしていたかといえば、それは元手のいらない商いであったらしい。

即《すなわ》ち、川に入ってしじみ、あさり、川底に這《は》う青海苔《あおのり》を採る人、また田圃《たんぼ》に入ってうなぎ、たにしを取る人、いずれも仕掛けを必要とせず、簡単なざるなどで採取できるので、長屋の住人にとっては壁土の藁などを口に入れるよりは、はるかにあてになる仕事だったというべきだろう。

ただし、厳冬に素足で水に浸《つか》るのは拷問《ごうもん》に等しい苦しみであったにちがいない。

朝、しらじら明けにざるをかついで、

「しじみエー、あさりエー」

と売りにくるおばさんの手足は、まるでクレヨンでも塗ってあるかと思うほどいつもまっかで、そして大きなあかぎれがぱっくりと口をあけていたことを思い出すのである。

売られていった女の子たちも、こんな暮らしのなかで育っているだけに、苦界《くがい》勤めの辛《つら》さはいわず、かえって親孝行の美談を聞くたび、私の父はひそかに自己満足に浸っていたのではなかったろうか。

つけ加えると、父は身売りの介添えばかりでなく、町内会長の立場から、一人暮らしの人たちともどこやら親密な感触を抱いていたふしがある。

たとえば、新聞を読むとき、末尾に必ず「イービー」とくっつける老人があり、皆が「学のあるイービー先生」と敬愛していた人には、いつも自分の刻み煙草《たばこ》の屑《くず》を、私に届けさせていたものだった。

また、新聞配達のマナベのじいさんは、緑町の角から裏長屋へ曲がるとき、必ず大きなおならを落としてゆくので、子供たちは「マナベが角を曲がれば大ナラ小ナラ」とはやし立てたが、父はそんな子供たちを笑って制していた姿もあったのをおぼえている。

いまは日本中さがしても、こんな棟割長屋も、赤貧の貧乏もないだろうが、昭和初年の記憶はなお消えないのである。

かりそめの家族

ここでは戦前我が家で働いてくれていた女性たちについて聞いて頂く。

そのなかの菊と絹については『櫂』にも登場し、芝居やドラマで女優さんたちが演じているので、ご記憶の方もあるのかも知れない。

この二人については、いつごろ我が家にやって来たのか知らないが、二人とも私が生まれた直後あたりから世話をしてくれたらしく、私がもの心ついてからは母を助けて女子衆《おなごっ》仕事をしていた姿をおぼえている。

二人とも素性は知れず、私がその生い立ちを聞いたのはずっとのちになって兄の口からだった。

それによると、大正も末年のころ、父が取引先の新地遊廓《ゆうかく》からの帰りみち、桟橋に近い道を通りかかると、ただごとではないと思われるほどの大声で泣く子供の声が聞こえてくる。

近寄ると、十二、三くらいに見える女の子を、男たちが押さえつけ、無理矢理、船に乗せようとするところ、そのうちの一人にわけを聞くと、この子の生肝《いきぎも》を取って六神丸という薬屋に売りつけるのだという。

父の懐《ふところ》には取引のあとの円札があり、十円という大枚を出してその子をもらい受け、うちへ連れ帰って来たのが、はじまりだったとか。

苦労したのは母で、髪の毛は鳥の巣、衣服はボロ切れ、目鼻も判らぬほど真っ黒に汚れた子を、風呂《ふろ》に入らせ、蒲団《ふとん》に寝かせ、茶碗《ちやわん》に飯をよそって食事をさせる習慣をつけるだけで、あたしはげっそりと痩《や》せたよ、とのちに母がいうのを聞いた。

何しろ両親の名はむろん、自分の名も知らなければ戸籍などありようがなく、とするとこの子がいったい何歳なのか、うち中、困り果てたという。

しかし、大正末の地方都市では、何とか都合がついたのか、私の家の戸籍には養女としてちゃんと入籍しており、名前は秋の季節だったから菊、と父がつけ、そして年は、となるとそのとき十六歳だった私の兄、健太郎よりは二つ下にしよう、と皆で決めたのだった。

菊は、そのうち私の家の暮らしにも徐々に馴《な》れ、のちに語る絹とともに私の子守から家事万端、よくやってくれたと思う。

いってみれば浮浪者だった菊や絹が、私の家の一員となったことについて、町内大きな話題となったかといえばさにあらず、二人ともまことにすんなりと家の雰囲気にとけこんで行ったらしい。

これは、当時の世相では乞食《こじき》や行き倒れ、もの乞いの遍路などはべつに珍しくはなく、篤志家《とくしか》の家ではそういう人たちを気軽に拾いあげていたし、私の家の男衆《おとこ》さんのなかにも、こんな経緯を辿《たど》って居ついてしまった人も他にあった。

ただ、母が嘆いていたのは、菊にはやさしさが乏しいことで、それは幼児期、家庭のあたたかさを知らなかったためにどうやら情緒不定の面もあったことと思われる。

土佐のおてんばを指す「はちきん」は菊のためにあるような言葉で、よく人とケンカしては箒《ほうき》をふりまわすし、皿小鉢は割るし、そして泣いているのを見たことがないのである。

それがある日、階段の下から男衆さんが何やら黒い塊をみつけ出し、これは何？と皆の前にさし出したとき、菊は疾風の如く飛んで来て、それをもぎ取り、便所の裏にしゃがんで大声あげて泣いた。

黒い塊はボロ切れで、菊がうちへ来たとき着ていた着物だったたから、やはり自分の過去についてのせつない思いは忘れられなかったものであろう。

私は、菊のことを菊やんと呼び、とくに可愛《かわい》がってもらったおぼえはないが、一種の連帯感みたいなものを強く感じたのは、彼女が結婚してからだった。

町内会長をしていた私の家には、夜になると近辺の若い衆たちが集まって来、表屋敷いっぱい百人一首、将棋、肝だめし、花札などで遊んでいたが、この中の一人が菊を嫁にもらい受けたいと父に申し出た。

そのひとは春やんと呼び、菓子職人だが、病気で片目を失ってはいるものの、とてもやさしい気質のひとだった。

菊はその縁談を承諾し、我が家の娘として、そこそこの支度もし、嫁いで行ったが、別れのその夜、母が前かけの端で目頭を拭《ぬぐ》う姿を私は見ており、何だか私もとてもさびしくなったことをおぼえている。

春やんの家は何町か離れた町のなかにあり、長男の春やんを頭に、男の子ばかり兄弟は七、八人もいたのではないだろうか。この家での菊のことはまた次に話させて頂くが、何しろ出生の地も判らず、両親の名も知らず、ふしぎな縁で戸籍上は私の姉となったひとのこと、何やらなつかしい思いがしてならないのである。

戸籍もない

菊の嫁いだ春やんの母親という人は、近辺では誰知らぬ者はないというほどのやかましやで、この家に嫁に来る娘などまずあるまいと専《もっぱ》らの噂《うわさ》だったという。私の父も母もこれを知らぬはずもなかったろうが、

「艱難《かんなん》辛苦をのり越えてきた菊のことじゃもの。この上、少々の苦労などものともすまい」

と信じており、また果たしてその通り、姑《しゅうとめ》とは派手な喧嘩《けんか》もやりあうかたわら、長男の嫁として、多勢の男兄弟のめんどうを一手にひきうけつつ、自分でも男の子ばかり三人を育てたがんばりやだった。

嫁いでのちも私の家にはよく尽くしてくれ、我が家の慶弔や客事、盆暮れの大掃除など、生まれたばかりの赤ん坊を背中にくくりつけた姿で、夫婦揃《そろ》ってまっさきに駆《か》けつけてきてくれたことなど思い出すのである。

春やんの家は賑《にぎ》やかな電車通りに近い平安町にあり、その暮らし向きから見て少々不似合いと思えるほど間口が広かったが、そのわけはすぐ判った。

春やんの三番目の弟もうやんは看板描き（絵描きというべきか）をしており、専ら活動写真の看板を制作するため、その大きさだけの間口が必要だったのである。

もうやんは、渡された小さな俳優のブロマイドにまず鉛筆でこまかく方眼紙のような方形の線をひき、その角の数を数えながら白く地塗りしたカンバスか、或《あ》るいは板かの看板にそのとおりを写し取ってゆく。

こうすると、名刺大の俳優の顔がそっくりそのまま、屋根の上の看板の大きさに引き伸ばされるわけで、見物している私などは、

「すごーい、すごーい」

を連発し、するともうやんは得意になって筆を進めてゆくのだった。

その上、ブロマイドはモノクロ、看板は彩色と来ているものだから、活動写真では見たこともない血色のよい大河内《おおこうち》伝次郎《でんじろう》や嵐寛寿郎《あらしかんじゅうろう》、阿部九州男《あべくすお》、岡田時彦《ときひこ》などがあらわれ、女優たちはまた美しい衣裳《いしょう》をまとっていて、いっそう憧《あこが》れを誘うのである。

もうやんは、ベレー帽を斜めにかぶり、ペンキで汚れた白いガウンというでたちで、いつも脚立の上に上っており、年中休みなく働いていたが、その後、彼がどんな

生涯を辿って行ったか、残念ながら私の知るところではなかった。

まもなく高知市も空襲が激しくなり、どの家もわずかな縁の友人知己を頼って疎開《そかい》してゆくようになって、菊たち一家の消息も途絶えた。

私は結婚して満州（現在の中国東北部）へ、父と母は、父の僧侶《そうりょ》修行時代の師を頼って里山へ小屋を建て、兄は出征して病気になり、善通寺の陸軍病院へと一家バラバラになってしまい、その他の人々の身の上を案じる余裕もない年月が過ぎていったのだった。

そして終戦。混乱の戦後がようやく落ち着いて来たのは三十年も経《た》ってからだったと思う。

私も刻苦の末、やっと作家の端くれとなっており、そんなある日、兄は驚きを隠し切れない面持で、私に、

「おれは今日、町で菊に会ったよ」

と打ち明けてくれた。

まあなつかしい、もういく十年も会ってないもんね、どこに住んでる？ と矢継早に聞く私を制して、

「昔、菊が家に来たとき、年は、親父《おやじ》がおれより二つ下、と決めて戸籍もそういうこ

とにしてもらったね。ところが今日会った菊は、二つ下どころか実際は十くらい上ではなかったかと思うほどの老《ふ》けようで、頭は真っ白、腰は二つに折れ、おれが名乗っても覚えてはいなかったんだ」

と驚くべき菊の姿を伝えてくれたのである。

この日は、私の記憶が正しければたしか昭和五十年の秋のこと。兄は私より十八歳年上だったから六十八歳で、もし菊が父の創作どおりだとすると、六十六歳のはず。しかし兄の見た菊は七十七、八かそれ以上に見えたという。

私は呆然《ぼうぜん》としていうべき言葉を知らなかった。

年齢は個人差があるから、菊は父の定めたとおり、このとき六十六であったかも知れないが、しかしそれでも、兄妹同様一緒に育った兄を見忘れるとは、かなり早すぎる老人性の呆《ぼ》けに見舞われていたのだろうか。

世間には、罪を犯す目的で自分の年齢をごま化す人も多いが、菊の場合は父の創作を疑いもせず守り、いく十年それで押しとおして来ただけに、不愍《ふびん》というか、無残というか、しばらく私の衝撃は消えなかった。

それにしても、「生肝を取って売る」だの、「戸籍も無い」だの、こんな事実がいく十年もまかり通った昭和初年、ふしぎな気がしてならないのである。

継子《まま こ》でも、継親でも

菊と前後して我が家の家族となった絹の素性もほとんど知れないが、こちらは何とか両親の名前くらいは判っていたと思う。

南国でも粉雪がちらつく寒い日、ふるえながら汚れた浴衣《ゆかた》一枚でゴム紐《ひも》などを売りに来たのを見て、父が施設にかけあい、家に連れてきたのが最初だった。

いまは国の福祉事業も少しは進んで、収容児も何とか人並みの暮らしができるようになったが、昭和初年の孤児院というのは、宗教団体か、個人の篤志に頼るしか運営できなかったらしい。

絹は菊とちがっておとなしく、ひどく無口で、どちらかといえば暗い感じだった。

菊とふたりで私の子守をしてくれたり、母の手伝いをしてくれた姿は、私、まだ幼かったために全くおぼえてはいないが、もの心つくようになって強く印象づけられているのは、菊の動作が敏捷《びんしょう》なのにくらべ、絹の動きはひどく鈍重で、そしていつもおなかをつき出していることだった。

どうやら妊娠していたらしく、父も母も頭を抱えて思案した挙句、あるときから絹は家のうちには見えなくなってしまった。

父は町内の青年団長をしていたから、家は夜になると若い衆の溜《た》まり場となり、夜《よ》更《ふ》けまで賑やかだったから、このうちの誰かと絹がいい仲になったとしてもふしぎはないが、しかし絹はまだ未婚の身だった。

ここから先は、のちになって私が知った事実だが、絹は身二つになるまでさる家にあずけられ、ここで男の子を出産した。

さる家とは、私の兄嫁さよ子の実家で、さよ子の父は市役所に勤めており、夫婦二人の静かな暮らしであった。

生まれた子は父が一郎と名付け、私たちが楠《くす》じい、楠ばあ、と呼ぶさよ子の両親の養子として届けられ、この家で養われることになったのである。

前にも記したが、このころの下町の人たちの人情には感じ入るばかり、どこの家の子が継子であろうと、継親であろうと、そんなことを告げるような不心得者は一人もおらず、皆、自分たちの仲間としていちように大事に扱うのである。

一郎も養い親はむろん、まわりからも「一郎よ、一郎よ」とそれはそれは可愛がられ、小さかった私が嫉妬《しっと》をおぼえたほどだった。

そのころ、まだ高価だった三輪車など、父はまっさきに買ってやり、一郎クン蝶《ちょう》ネクタイの洋服など着てそれにまたがり、得意満面でカメラにおさまっている一枚も家にかざってあった。

兄嫁のさよ子も、人には「あたしの弟。おそくに生まれた子です」などと紹介し、誰もこの子のしあわせな将来を疑いもしなかったのである。

絹は出産後も家へは戻らなかった。

私の推量では、料理屋の下働きなどして一郎の養育費を楠じいに送っていたのではないだろうか。

その後いく年かして、絹は突然あらわれ、もらってくれる人とともに京都に移り住むという。

聞けば男は行商人で、みるからに実体《じってい》そうなので、父はその場で許し、二人は私どもに別れを告げて高知の町から去って行った。

このとき、絹が一郎に会っていったかどうか私は知らない。ただ、このあと四、五年のあいだ、金釘《かなくぎ》流だが盆暮れの見舞状はよこしており、父は首を振って、

「絹はええ娘よのう。心がけが違う」

とほめていたのをおぼえている。

このあと戦争をはさんで長い年月が流れ、人々の境遇にも大きな変化があった。楠ばあは死に、楠じいは一郎とふたりで老体に鞭《むち》打って生活を支えていたが、ある日一郎は八十歳になったこの養父をおいて家出してしまったのである。

ひょんなことから一郎は自分の出生の経緯を知り、母恋しさに一も二もなく京都へと飛んで行ったらしい。しばらくして一郎から私の父に葉書が届き、

「母には会えなかったけれど、私は南座の大道具係として働いています」

という消息だった。

今度は私の出番で、いまだに一郎を恋う年老いた楠じいをどうしてくれるの、と南座に乗り込んで行ったが、ここはもぬけの殻、そんなひとは最初からいない、という返答に、どれほど私はガッカリしたことか。

一郎は生きていたならただいま七十二、三歳か、絹なら九十歳くらいだろうか。

血はつながらなくとも、かりそめに家族ととり決めた人たち、最後まで平和に結束しとおすには何が足りなかったのだろう、と私はいまでも一郎のことなど、とき折思い出すのである。

亀《かめ》さんの号泣

おとこっさん、おなごっさん、と発音するこの言葉を聞くことは、いまもうほとんどといっていいほど無くなっている。

何しろ「女中さん」が蔑称《べっしょう》だといって、「お手伝いさん」に変わってしまったのだから、この言葉が消えて無くなるのも当然なのだろう。

昭和初年のころ、仕事をあっせんするいまのハローワークのような窓口があったのかどうか知らないが、私の家ではずっと、そのころから戦災で家が焼けるまで、男衆さん女子衆さんでいっぱいだった。

男衆さんというのは、大店《おおだな》や妓楼《ぎろう》など、大きな世帯の家で使われている男性を指し、屋号を染めた法被《はっぴ》などを着て専ら走り使いや雑用を相勤めていたものである。

何しろまだ電話の普及しない時代のこと、家に電話は引いても、相手方には無いというのが多かったから、雑用は走り使いが断然多かった。

話があるゆえ、明日昼すぎちょっと来てはもらえまいか、という主《あるじ》の伝言を持って相手方へ行く、明日は都合が悪いから明後日にして欲しい、という返事をもらって帰ると、今度はまた当方明後日は差し支えがある、てなわけで一日に何度も行きつ戻りつ日が暮れてしまう。

しかも四、五キロの道のりなら乗物は無し、徒歩は馴《な》れているから、そう取り立てていうこともなかったろう。

私がもの心ついた昭和四、五年ごろは、世界恐慌《きょうこう》が日本まで波及してきた年で、このあと二年ほどは不況が続いていたが、一方では国産冷蔵庫や、電気洗濯機が売り出されたり、またラジオの聴取契約者が百万戸を突破したというニュースが流れたりした。

こういう落差のなかで私の記憶に浮かんでくるのは、店の火鉢のまわりには、いつも若年壮年の男衆さんたちが集まってたわいもないおしゃべりをしていた風景である。

仕事しようにも口はなし、なら富田の家（我が家のこと）で待機していれば飯だけは食えるとばかり群がって来ていたらしい。

たしかに御飯どきにはわあーっとばかり知っている顔まで集まってきて、母が、

「お茶碗《ちゃわん》を三十も洗ったよ」

と嘆いていたことがある。

私はこの男衆さんたちが少々おそろしくて好きではなかったが、一人だけ、亀さんと呼んだ彼はいつまでもなつかしく思い出す。

亀さんは雪の日、ボロをひきずって私の家の軒先までようやっと辿《たど》りつき、とうとう動けなくなってしまった行き倒れで、そのまま父の古着と半纏《はんてん》を着て我が家の一員となったのである。

亀さん字が全く読めず、その上、鼻が悪いのかふがふがと発音がうまく聞きとれず、ためにに他の男衆さんたちからバカにされがちだったが、しかし骨身を惜しまずまことによく働いた。

父はそれを見込んで、家の裏側の厩舎《きゆうしや》に飼っていた馬の世話一切を亀さんに任せたのだった。

馬は、高知桟橋の競馬場に、自分の馬を持ち寄って競わせる素人の草競馬で、家の一匹の馬もそれにときどき参加していたらしい。

亀さんはこの馬をこよなく可愛《かわい》がっていたが、出走まえ、優勝を狙《ねら》って興奮剤の茶の葉をしこたま食べさせ、死なせてしまったという。

このときの亀の嘆きは、見ていられなかったとのちに私は母から聞いた。

天を仰いで泣き、地に伏して泣き、わめき叫んだが、それは馬に対する愛着もさることながら、主の大切なものを死なせてしまった悔恨の情のあらわれであったと思う。また、素性も経歴も全く知れぬ我が家の男衆さんたちには、こちらも心得て用心しなければならぬことも間々あった。

たとえば、買物の釣銭がつい無くなっていたり、ふらりと姿をくらましたかと思えばいつの間にか戻っていたりだが、亀に関する限り、そういうことは皆無だった。

買物を頼んでも、ふがふがといいながらきちんとお釣りを持ってくるし、掃除でも薪《まき》割りでも人の嫌がる力仕事を率先して引き受けてくれるのである。

一生死ぬまでこの家に居りたい、といってくれていたのはまんざらお世辞ではあるまい、と母はいっていたのに、別れの日がやって来たのは昭和十四年のことだった。

父母の離婚という複雑な事情から、家と使用人を整理しなければならなくなり、家には女子衆さん二人を残してちりぢりばらばらになってしまった。

亀は遠い親戚《しんせき》に引き取られてゆくことになったが、あの馬の死のときを思い出すような彼の号泣の姿を、ふたたび見ることになろうとは夢にも考えないことだった。

ときどきおぶってもらった亀の広いあたたかなぬくもりを、いまでも私は忘れはしないのである。

女子衆さん

手許《てもと》に資料がないので必ずしも正確ではないかも知れないが、谷崎潤一郎に「台所太平記」という作品がある。

谷崎家の女子衆さんたちの群像を描いたもので、一読、私は我が家とは何という違いだろうと思った。

谷崎家では、主を囲んでたのしいおしゃべりをしている光景が豊かに描かれ、女子衆さんたちもこの家の暮らしを心から楽しんでいるさまが汲《く》みとれる。

これに比べて我が家ではどうかといえば、白いエプロンをかけて朝から晩まで立ち働いており、誰かと語らいをしている場面など、ついぞ見かけたこともなかった。

我が家に女子衆さんがやって来たのは、すでに書いた菊と絹が去ってのちのことで、それは専ら母の手助けをするためのものだった。

私がもの心ついてから戦災で家が焼けるまで、常時二、三人が入れかわり立ちかわり働いてくれたが、いま思い返して私は彼女たちが食事しているところや、寝ている場所などまで一切、見たこともなかったのである。

家には女中部屋はなかったし、食事どきには彼女たちはおひつの傍に坐《すわ》って、私たちの給仕をしてくれるばかりだった。

思うに、うちの女子衆さんたちは、朝は家中でいちばんに起き、食事は家族のあとで残りものなどそそくさと食べ、夜は後片付けをきちんとすませて台所の隅などで寝ていたのではなかろうか。

給金も、月末になると母は長火鉢の前で五円札のしわをのばし、封筒に入れて渡していたらしいが、我が家はいつも火の車、給金の五円は母にとってさぞ惜しかっただろうと思う。

彼女たちの呼び名は、キミちゃん、スズちゃん、カツミさんなどで、戦争がはじまってのちは何故《なぜ》か皆、一律に姉ちゃんと呼んだ。

このなかで、私がとくに好きだった人にキヨミさんというやさしい人がいる。

忘れもしない私が小学四年の春休みのときだから昭和十一年のこと。

父母に呼ばれて行くと、父から、

「キヨミが宿下りをしたいそうな。ついてはお前を連れて帰りたいといっている。行くか？」

といわれ、私は心細くは思いながらも、キヨミさんが一緒ならと承知した。

キヨミさんの郷里は高知市の西の興津《おきつ》という漁師町。そのころ私は父に連れられ、よく旅したが、それはいずれも京阪神地方へのこと、西に向かってゆくのははじめてだった。

出発の日は雨で、沿岸通いと呼ぶ小さな汽船は碇泊《ていはく》中からすでに揺れていたが、出航後沖に出ると、大きく上下しはじめた。

それに船の塗料の匂《にお》いが加わり、その心地の悪さ、船酔いの苦しみは経験した者でないととうてい判《わか》らないだろう。

船底に横たわっている私の頭がぐーっと傾いて船の横腹にごつんと当たったあとは、今度は反対側にすべって、足の裏は向こう側の壁に打ち当たる。

私はいく度も吐き、泣き叫び、キヨミさんは色を失って懸命に介抱してくれたが、私の容体はますます悪くなるばかり。

そこでキヨミさんは決断し、途中の須崎《すさき》港で私とともに下船したのだった。

船酔いは、足が土を踏んだらなおる、といわれるとおり、快《よ》くはなったものの、さてこれから興津までは山ひとつ越さねばならぬ。

キヨミさんは雨の中奔走してやっとつかまえて来たのは山駕籠一挺《いっちょう》。昭和十一年のころ、まだ芝居に出てくるような駕籠があったとは驚きだが、ここではバスも車もなし、何よりの助け舟として私はその駕籠に身を委《ゆだ》ねたのである。

雨はまだやまず、泥をはねあげて駕籠かきさん二人が走るわきを、キヨミさんも着物の裾をからげて伴走する。この光景は私の目にいまも鮮やかである。

そして到着したのは、町の入口に「御宿、みなと屋」の看板を掲げた旅館で、キヨミさんはここの娘さんだった。

のちの話では、キヨミさんは親のすすめる縁談を嫌い、高知の町に出て我が家に住み込んだが、親からの矢の催促に私を連れて帰って来た次第であったらしい。

私はみなと屋旅館の一室に閉じこめられ、三度三度お膳《ぜん》は運んでもらえたが、キヨミさんは来る日も来る日も、身内の人たちの談判に責められていたらしかった。

親は、もう高知へは帰さんといきまいたが、私を連れ帰ることを理由に、キヨミさんは帰りも一緒だった。ただし、自分の代わりとなるカツミさんというひとを連れて、三人の旅だった。

この漁師町の白砂青松の景はいまも忘れられぬ。

「ねえちゃん」の知らん顔

昭和二十一年九月、私はかろうじて一命を拾い、夫と二歳の娘とともに乞食《こじき》同然の姿で日本に引き揚げてきた。

夫の実家は、高知市に隣接した農家で、私は戻りついたその日から即、農家の嫁として働かねばならなかった。

花街の派手な暮らしのなかで育ち、満州で日本の終戦に遇《あ》い、難民収容所の一年を経て今度は農家の嫁となった私の軌跡を見て、人はさぞ大へんだったろうと同情してくれるが、私の思いにすれば一命を拾って日本に帰れたこの歓喜にすれば、どんな苦労もいささか苦にならず、生きてあることがどれほどに有難かったか。

私は働き者の姑《しゅうとめ》について稲刈り、田植えから肥桶《こえおけ》をかつぎ、そして近郊へ車を引いて野菜を売りに行くことまで教えてもらったのだった。

なかでも「売り物」という野菜売りは、買い手の顔も見えれば現金を右左手にできるとあって、ちょっとした楽しみでもあった。

夜が白みかけたころ、野菜を満載にしたリヤカーを引いて家を出、近くの伊野町《いの》まで六キロの道を辿る。

途中坂もあるが、町の集落に入ると、売り声を挙げなくとも主婦たちが群がって来て値を聞き、ときにはまけてあげたり、逆にお釣りの端下《はした》をもらったりする。

ある日、その群がっている人々のなかに、私はとてもなつかしい顔を見た。うちにいた女子衆さんのねえちゃんだった。

「ねえちゃん」

と呼びかけると、その人は顔をあげ、一瞬視線を送ってよこしたが、次にはもう横を向いたきり。

私は近寄って、

「ねえちゃん、ほらあたしよ。富田のほら」

とくり返したが、応答なく、その人はざるを抱えて引き返そうとする。私はなお近付いて、

「ねえちゃん、ねえちゃん」

を連呼すると、そのひとはきっと私を見て、

「あんた人ちがいじゃよ。あたしはねえちゃんと呼ばれるいわれはありません」

というなり、小走りに町角を曲がってしまった。

私は呆然《ぼうぜん》と突っ立ったまま、あれはたしかにうちにいた女子衆さん。私が忘れるはずはあるもんか。しかし何故《なぜ》？　何故人ちがいといったのだろう、と考えながら、改めて自分の風体を見た。

つい先ごろ、ぼろを纏《まと》った姿で引き揚げて来た私にはいまだまともな衣服はなく、いま着ているものは姑のおさがりでつぎの当たったもんぺ。

しかも昔の富田の娘がリヤカーをひいて、町の主婦たちに一円二円でほうれん草を売っている、そんな見すぼらしい娘と昔知り合いであったなどとはいわれたくなかったのだろうか。

いいえもっと、私と知り合いなどといったら昔私の家で女子衆さんだったことが知れてしまう。ねえちゃんはきっと、いまはきちんとしたよい暮らしをしているにちがいないのだろう、と私はあれこれ思いめぐらせながらリヤカーの野菜を群がる主婦の人たちに買ってもらった。

考えてみれば、女子衆さんたちの昔の仕事はずい分と苛酷《かこく》であったらしい。

食事のおかずは薄い切れの塩鮭《しおざけ》一枚、これを深皿に入れ、お湯をそそぎかけてそのお湯を吸い物代わりにすすり、そのあと骨までしゃぶってきれいに食べるのだとか。

こういうことを私の家でしていたのかどうかは知らないが、少なくとも彼女たちが風呂《ふろ》はしまい風呂、ごはんは冷や御飯ばかりだったらしいことは想像がつく。

それに、彼女たちを名前でなくねえちゃんと束ねて呼び始めたのは、戦争も末期になって家の女子衆さんたちの入れ代わりがはげしくなったこともあった。

この時期、すべての物資が配給制度となり、どこの家でも家族以外の人の口まで養うのは困難な状勢となってしまったことがある。

私の家では母が箪笥《たんす》から一張羅を取出してリュックに詰め、遠い農家へ買出しにいってては食糧と交換してしのいでいたが、こういうなかで女子衆さんたちはどれほど三度の食事に気兼ねしたことだろう。

ねえちゃんが母から暇を出されたのか、自分からいい出したのか判らないが、この伊野町に落ち着くまでにはさぞ紆余《うよ》曲折を経たことだと思う。

ほうれん草を売り尽くした私は、つぎの当たったもんぺを着たまま、ねえちゃんの入って行った路地の入口に立っていたが、追いかけるのはやっぱりやめにした。いまでもこのことは私の心に刺さったままでいる。

私の結核

昔は労咳《ろうがい》といったこの病気が、現在はもはや絶滅してしまったかといえばそうでもないらしく、未《いま》だ細々ながら患者さんの動静を耳にする。

しかし戦前ほどの伝播《でんぱ》力はもうないとみえて、この病名を聞いても知らない人もいるのは喜ばしいことである。

新薬ができるまで、結核は亡国病、とまでいわれるほど患者が多く、とくに若い人たちが狙《ねら》い打ちされて命を落としたものだった。

この病気は伝染するため嫌われることおびただしく、ダニか肺病かといわれるくらい敬遠されて、一族に患者がいれば縁談などこわれてしまう例もざらだった。

それでも三代までさかのぼって一人も患者のいない家、というのは珍しく、もしいたとしても秘し隠して世間には明かさなかった。

かくいう私自身も、引き揚げ後、結核を経験しており、実家の長兄と父とを共に失っている。婚家先の義父も結核に取られていて、夫の弟も二十二歳の若さでその生涯を終えてしまったのである。

仔細《しさい》にたずねると、兄嫁の実家の姉、母も罹患《りかん》しており、身のまわりは結核患者だらけ、というこういう現象は、戦争で食糧や医療の手段も乏しかった昭和を象徴する病《やまい》であったとはいえないだろうか。

全快のめどの立たない病気を宣告されたのはいかにも悲惨だが、なかでも私が忘れられないのは十六歳で亡《な》くなった親友K子のこと。

彼女は旧制女学校二年のとき、飛箱で胸を打ったのがもとで肺結核にかかり、ずっと入院中だった。

私の親は見舞に行くことを固く禁じていたが、ときどきこっそりと会いに行っては話を交わし、彼女の喜ぶ顔を見るのは私の楽しみであった。

昭和十八年の夏、自宅で五年一学期の期末試験の勉強をしている私のもとへ病院から使いが来て、K子が危篤《きとく》だという。私は必死で止める親を振り切って病院へ駆けつけたが、K子はまだはっきりと意識はあった。

ただ、とてもとても苦しそうで、短く早い息の下から指先で枕《まくら》もとを差し、看護の姉に目で知らせた。

姉はうなずき、枕もとの本をとり上げて私に差出したが、それは以前、彼女に貸した私の本だった。

たしか吉田絃二郎《よしだげんじろう》の『小鳥の来る日』だったかと思う。

「いいのよ、本くらい。それより早くなおってね」

と励ますと、彼女は安心したようにうっすらと笑みを浮かべ、そして早く帰るようにと片手を振って入口を指差した。

帰りみち、蟬《せみ》の大合唱を聞きながら、私は涙が止まらなかった。

肺結核って何て苦しそうなんだろう、かわいそうなK子、どうぞ神さま、K子の呼吸を楽にしてやって下さい、と祈りつづけたがその甲斐《かい》なく、その夜、彼女は天国へ旅立って行ったのである。

薬のない時代、発病すれば「大気、栄養、安静」の三大療養原則を守り、せいぜいで医者からはカルシュウムかビタミンの注射を打ってもらうだけなら、治癒《ちゆ》はまるで宝くじに当たるようなものだったと思う。

私が発病したのは、満州から引き揚げて来たあと、馴《な》れぬ農作業を手伝ったせいかと思われるが、これが昭和二十二年のこと。

そして新薬のマイシンが試験的に輸入され、研究が始まったのはたしか二十四年だった。

この差二年のあいだに私の命の灯が尽きていたとしたら、こんにち原稿紙に向かう私はいないわけだが、私めはよくよく悪運強い星のもとに生まれたとみえて、新薬のお世話にもならず、病気はいつのまにやら快《よ》くなっていたのである。

それも、三大原則のうち、「大気」は農村だから清澄な空気はふんだんにあるけれど、「栄養」は何もなく、麦飯につけものなど質素な食事ばかり、「安静」は、農作業こそ休ませてもらえたものの、朝夕の食事の支度から家事一切、嫁としての義務は果たさねばならなかった。

医者は入院をすすめたが、子連れの嫁がそんなこと出来るわけはなく、納屋《なや》の二階で、子供を遊ばせながらひっそりと寝ているだけの療養生活だった。

この間、K子をはじめ、結核で取られた人々の顔が浮かんでは消え、浮かんでは消えして私を苦しめたが、それを乗り越すことができたのはいったい何だったのか、といまもときどき思う。

きっと、満州での戦争体験を書き残しておきたかった執念か、幼な児《ご》を一人残しては死ねないと思う母性本能か。その両方だったのではないだろうか。

代参の効き目

肺結核を取り上げたついでに、戦前の病気や薬などについても思い出してみよう。「病は気から」などといっていた時代だったから、病気になったことを恥じてひたすら隠し、医者に脈を取ってもらったおぼえもない、と自慢していた人も多かった。

そのせいか病気平癒の祈禱《きとう》や禁厭《まじない》に頼る例も多く、私なども身のまわりにはおぼえのあるものがいくつかある。

その一つが「代参」で、これは個人でも集団でもそのころ慣例になっていたから、私の場合は、結核で寝ていた兄が臨終近くなったときと、もうひとつは母が子宮筋腫《きんしゅ》で手術したとき、町内の方々のおせわになった。

代参というのは、本人が祈願を込めに行けないほど重篤な状況に追いこまれたとき、代わって他人が神仏に平癒を祈るためのものだから、この代参の時期がなかなかにむつかしいらしい。

つまり、すぐに恢復《かいふく》する程度の軽症なら、代参の必要はないと見られ、逆にあまり重症だと代参の効果が見られないため、徒労、とまでは行かなくても無駄足のような感じになってしまう。

兄の場合は、もう意識がもうろうとなってのち、町内の人たちがおおぜい集まり、遠い国分寺まで自転車を走らせてくれたが、祈願成就《じようじゆ》のお札は枕もとにおいたまま、二日後には帰らぬ人となってしまった。

母もまた同じで、長い時間麻酔がさめず、医者からもあきらめるようにいわれてのち、町内戸毎《こごと》に一人ずつ出て、遠く近くの寺社廻《まわ》りをして祈願を込めてくれた。こちらはお札の効果か、まもなく麻酔はさめ、母は死の淵《ふち》から生還することが出来たが、生涯この恩は忘れないというのが口ぐせだった。

これが昭和六年と八年のこと、そののち終戦後、私は農村に嫁ぎ、土地の慣習に出会うことになって、こちらでもいまだ代参が行われていることを知り、少々びっくりした。

婚家先には八十七歳になる祖父がおり、ほどなく老衰で寝たきりになったとき、姑は「一度くらいは医者に診てもらわねば私の立場がない」といい、先生に往診してもらってのち、祖父は安らかに旅立った。

もちろんその直前にここでも代参が行われ、集落の世話役がほら貝を吹くと、農繁期にもかかわらず、あちこちから人が集まって来て、村の中の五社を廻ったのだった。

これらは、集団の平和のための一種の申し合わせのようなものだから、実際に一心込めて熱烈に祈願をするかといえば疑問も残るが、他にも個人的な代参はずい分とあったらしい。

こんな話もある。

私が小説に描いた「陽暉楼《ようきろう》」のモデルとなった楼主M氏と父は親密なつきあいだったが、時代がかわってM氏も父も亡くなってのち、私は父の残した日記帳に目を通していると、ふしぎな話に出会った。

それは、M氏が原因不明の高熱に苦しめられ、どんな名医に診てもらっても病状は好転しないとき、父を呼んで、日ごろから信仰している光住寺の師・山中先生に、自分に代わって祈願を込めて来てくれという。

父はいわれるとおりに光住寺を訪ね、その旨《むね》伝えると、師は長い祈禱ののち、

「M氏の左の首の付け根に、ほくろが一つあるはずです。針でそこから血を少し出し、この白布に染《し》み込ませて持って来て下さい」

とのこと、早速立ちかえってM氏の衿《えり》をくつろげると、正しくその個所にほくろはあった。

これだけでもふしぎだが、その血を染みこませた白布を祭壇に供え、師が祈ると、何とたちどころにM氏の熱は引き、病は退散してしまったのだという。

こんなことってあるだろうか、まるで手品のような。と私は呆然と父の文字のあとをみつめたが、あの頑固一徹の親父《おやじ》が嘘《うそ》を書くわけもなし、すると病というのは気力の衰えみたいな要素がいく分あるのかなとも思う。

この百年、医学の進歩はまことに目ざましく、このごろでは大きなおカマの中にすっぽり入れば、体の輪切りの写真もとれるという。

私のような古い人間は首をかしげるばかりだが、かぜといえば越中富山のおきつけ一服でなおしていた昔もなつかしい。

毎年夏になると、紺木綿のきりりとした装束で富山の薬売りが一軒一軒たずねて来てくれたものだった。

小さな柳行李《ごうり》から新しい薬を取り出し、赤袋や赤箱に残った古い薬とを入れ替えてくれるのだけれど、その折、おまけにくれる紙風船がどんなに嬉《うれ》しかったか、あれは四角の風船だった。

代参の話、いまどれだけ読者の方々に受け入れてもらえるかな。遠い遠い話になってしまったのかな。

運命を受け入れて

仕込みっ子たち

私は前記の家職の子に生まれていたにもかかわらず、その仕事の内容についてはほとんどといって何も知らぬ。

ようやくそのアウトラインが摑《つか》めたのは、日本が民主国家となって、人身売買が禁止されてからのことと、そして昭和二十六年、父の死によって私にもたらされたその営業日誌からだった。

父は意外と綿密な人ではあったが、法令に従ってきっちりと記帳してあったわけではなく、ときにドンブリ勘定なみの計算の仕方だったから、この手の商売は案外、個々の経営者の裁量に任せていたところもあったのではないだろうか。

親が貧に泣き、娘を売ろうとするとき、金に換える道はいくつかあった。

その一は、遊廓《ゆうかく》に年期奉公をさせてその日から客に躰《からだ》を売るという方法だが、これにはたしか十五歳以上、という決まりがあるのにもかかわらず、体ができている子は規則をかいくぐって楼主がひそかに働かせていたらしい。

ただし、こんなスタートをすると、舞三味線、芸事の手は何ひとつ身につかず、一生死ぬまで体ひとつで稼がねばならないから、その末路はあわれである。

芸無しは身代金《みのしろきん》も安く、たとえば三年年期で三百円とか或《あ》るいは二百円とか、今なら信じられない金額で売られてゆくのだった。

私が小二のころから住んでいた高知市の海岸通りは海に面して南海一の大楼といわれた陽暉楼（そのころは得月楼）があり、その裏側には稲荷《いなり》新地、といわれた遊廓がびっしりと軒を連ね、両者のすきまには、これらの用を足すための雑役の男女、仲居などなど、千人を超す人たちが住んでいたものだった。

その二の方法は、子方屋《こかたや》（置屋ともいう）の主《あるじ》が貧乏長屋をあさって幼い子供を買いとり、自分の家できっちりと芸事を仕込み、成長の暁は水もしたたる舞妓や半玉《はんぎょく》として座敷へおひろめをするのである。

いよいよお座敷へ出てからの働きは、本人の腕次第であるが、中には銀行のえらいさん、或いは大店《おおだな》の旦那《だんな》に囲われ、自分の実家の両親弟妹たちにもそのふくを分けてしあわせになった人もある。

さて、私の家であるが、何にでも過剰反応する父は、年端《としは》もゆかぬ少女たちが親のもとを離れるのがむごくてたまらず、先に書いた緑町裏長屋からつぎつぎと五人の少女を連れて来た。

規則によると、紹介業は紹介業だけで、子方屋の仕事は禁じられており、父はいく度も警察に密告されたらしい。

このときの父の反論は、五人を前において、

「お前たちは、不幸にして将来親のために芸妓《げいぎ》稼業《かぎよう》を勉強するべく運命づけられているが、なに、芸妓とて芸を励めば、ここから抜け出せないことはない。それに、もし勉強が好きならば、女学校はおろか、ずっと上の学校まで行かせてあげよう。決して夢ではないよ」

といい聞かせた。

私は自分が儲《もう》けようとしてお前たちに来てもらったのではない、発奮すれば女だとてどんな出世をも望めるのだぞ、という激励であったらしいが、それをわきで聞いていた私には意味が十分にのみ込めなかった。

芸妓の修業と女学校進学とはあまりに段差がありすぎて、五人の子たちも呆気《あつけ》にとられていたのだろう。三日たっても五日たっても女学校に行きたいといい出る者はいなかった。

こうして五人の子たちは一年くらいずつ時期をずらして次々と私の家の子となったのだが、「儲け仕事ではない」と父の言明したとおり、よその子方屋と見くらべても、たしかに我が家の規則はゆるかった。

たとえば、子方屋に買われた子たちは仕込みっ子、といい、仕込みっ子たちは家の手伝いのためにたびたび学校を休まねばならなかったが、私の家ではそういうことはなく、またよそでは小遣いは決して渡さないというのに、家では私と同じく一日五銭ずつ手渡してやるのだった。

この地域は花街だったから、仕込みっ子たちは実に多く、クラスの三分の一は子方屋から通っており、それは皆、舞三味線のけいこのため、午前中で帰ってしまうのである。

午後の授業ともなれば、席はガラ空きで、先生も拍子ぬけであったらしい。

仕込みっ子には一見してわかるスタイルがあり、それはまず、近い将来日本髪を結うために髪をのばさなければならぬこと、陽やけせぬよう運動の時間は日かげに入って見学すること等々、他の級友たちもいつのまにかそれには理解を示すようになっていて、午後の時間や夏の水泳などには決して遊びに誘わなかった。

次は、私の家で育っていった五人について語らせて頂こう。

初対面の儀式

仕込みっ子たちのなかで、いちばん先に我が家へ来たのは裏長屋のキミエで、私が小学三年生のときだった。

その日のことは鮮やかにおぼえているが、私が学校から帰ると、見馴《みな》れぬ女の子がすっぽりと頭に白い手拭《てぬぐ》いをかぶり、シャツ一枚で庭の桜の木の下に立っている。足もとにはたらいがあり、そのなかには異様な臭気のある汚れた衣類が丸められているのが見える。

母は、女の子に近づこうとする私にあわてて手を振って止め、

「晩まで待ちなさい。きれいになったら遊んでもええから」

といい聞かせたが、これがキミエ、というより、うちに来る仕込みっ子たちのみんなとの初対面だった。

母の話によれば、裏長屋の子たちにたかっている「しらみ」は実にひどいもので、

先《ま》ず頭へは水銀軟膏《なんこう》をすりこんで手拭いで蒸し、着ていた衣服は熱湯をかけて消毒し、風呂《ふろ》に入れて体の隅々まで洗ってのち、やっとしらみ退治は終わるのである。

これは、キミエに続いてやって来たあとの仕込みっ子たちとも共通している初対面の儀式(?)であって、どの子もどの子も、私が学校から帰ると必ず、白い手拭いをかぶって桜の木の下に立っているのだった。

水銀軟膏とはどんな薬なのか知らないが、当時はまるでバクダンでもぶっつけるように効果のある殺虱剤《さっしつざい》であったらしい。

私の家だけでなく、どこの家でも、

「しらみといえば水銀軟膏」

が常識だったし、副作用など考えもしなかったのではないだろうか。

このあと、キミエは女子衆《おなごし》さんたちの手によってきれいに洗ってもらい、父と母と私の食膳《しょくぜん》に加わってから、賑《にぎ》やかな夜の京町へ洋服を買いにでかけるのである。

キミエは私より二つ上だが、背が高いので私の古い洋服では間にあわず、父は大胆に、というよりむしろうれしがってキミエのためにあれもこれも、と買ってやるのだった。

私の家は、十八も年上の兄と私の、子供は二人、しかも兄は早くに家を出ていたから、家族のふえるのを父は歓迎する気持でもあったにちがいない。

私も同様で、一人ぼっちでさびしかった日々を取り戻すように、翌朝からしっかりと手をつないで学校に通い、何でも「キミエさん、キミエさん」でくっついて行動した。

キミエ自身は、こんな環境の激変をどうとらえていたのだろうか、といまでもときどき思い返すことがある。

我が家に来て以来、ひどく無口で折々ふさぎ込んでいるように見えるので、

「どうしたの」

と問うと、少し涙ぐんで、

「ヒロシはどうしよるかと思うて」

という答えだったが、当時の私にはそれを、姉が弟を気づかっての言葉だとはまだ理解できなかった。

実家は、歩いて十分とかからぬところだから、ちょいとのぞけばいいようなものを、家では、

「しらみをもろうて来るから、帰ってはいかん」

と禁止しており、キミエはそれを守っていたらしい。

それに、長屋に帰れば口さがない連中が、

「キミエがきれいな洋服を着て、見せびらかしに戻っちょる」

などといわれかねないため、遠慮もあったことだろう。

キミエは運動神経が抜群で、学校では運動会の花形だったし、またドッジボールの主将だった。

仕込みっ子がドッジボールの選手だなんて聞いたことがない、と近所では噂《うわさ》していたようだが、これまた運動競技はどれもビリッかすの私にとって、何と誇らしくうれしいことだったろう。

市内小学校の対抗試合のとき、毎日おそくまで練習しなければならぬことにキミエは悩み、「ドッジはやめる」といい出したとき、私は断固反対した。

私から父に願い、母を説き、そして新品のユニホームとブルーマーをつけて試合に出たキミエの勇姿を、私はいまも忘れることが出来ない。

姉妹のない私にとって、キミエは突然降ってわいたようにあらわれた姉代わりの人だったが、かわいそうにこの人は短命の生涯だった。

小学校を終えてのちは、いい芸妓になったらしいが、ざんねんながらその世界は私の理解の外であって、そこでの彼女のありようは判《わか》らないし、最期《さいご》はどこで迎えたか、いまだにはっきりしていない。

身代金三百円

キミエより少し遅れてやって来たシゲ子は、キミエの一つ上で、私よりは三つ年長だった。

桜の木の下で、虱《しらみ》退治をしたのは皆と同じだが、私の印象としては、うちに来た仕込みっ子計五人のなかでは、服装から日常の習慣までいちばん小ざっぱりしていたように思う。

出身もキミエのような裏長屋ではなく、のちに私が訪ねて行ったときは、お稲荷さんの隣の小さな散髪屋だった。

事情はよく判らないが、母親は後家で小さなヨシタカを連れており、その上、若い男に狂って金を貢《みつ》ぎたいためにシゲ子を売ったのだと聞いた。

母親はひんぱんに私の家にあらわれ、父に金策を持ちかけていたらしく、娘をかたに少しずつ金を引き出して行ったのではなかったろうか。

このことは私、ふしぎに記憶しているが、ある日、四人の仕込みっ子たちが遊んでいるとき、一人が二本指を立てて、

「うち、二百円で売られてきたのよ」

というと、他の二人も、

「うちもそう」

「うちも二百円」

とまことに屈託なくそういったとき、シゲ子は昂然《こうぜん》として、

「うちは三百円。いちばん多いでしょ」

といい、他の三人はそれを聞いて目を丸くし、

「えらいねえ、シゲちゃんは」

と感嘆の声を上げたのだった。

当時の私はこの会話の意味が全く判らず、シゲ子はいちばんの年長だから、お金がたくさん必要なのかな、とぼんやり思っただけだった。

いま思えば、身売りさせられた女の子たちは皆すなおに自分の運命を受容し、そのなかで早くから少しばかりのプライド、少しばかりの生甲斐をみつけようとしていたのだと思う。

考えてみればまことにいじらしい話で、その関連で本能的というか、私は仕込みっ子たちの親たちはどの人も嫌いだった。

なかでもシゲ子の母親は「いけ好かないオバサン」と思い、キミエの母親などの、ボロをまとった姿にくらべ、こちらは不似合いなほど身ぎれいにしていたのにもいつも反感をおぼえたものだった。

年の順から子たちは私の家を巣立ってゆき、まずシゲ子は陽暉楼に半玉として出たが、私の家は芸妓《げいぎ》の置屋ではないので、その後の活動については聞いていない。

ただ、医者の旦那《だんな》がついたという話は耳にしたような気もするが、それも私の理解の外というべきだろう。

シゲ子の現役時代の消息といえば、戦争中、突然大連から父あてに手紙が来、それには、

「毎日たのしく暮らしています。こちらは黒ダイヤがとても安いので、そのうちお母さんに帯留めを送ります」

とあり、うち中黒ダイヤの話題に一しきり沸《わ》いたが、聞くと石炭のことだといい、がっかりしたことを思い出すとともに、いくら待っても石炭を磨いた黒ダイヤの帯留めは届かなかった。

そして戦争も終わり、長い年月が過ぎれば誰も昔の友人知己に会いたい思いは募るもの、入ってきたニュースは、シゲ子は脊椎《せきつい》を痛め、首から下は全く動かない状態の寝たきり病人になっているという。

このころ私もようやっと作家になったばかり、他の三人と連絡をとりあい、揃《そろ》って見舞に訪れたのは昭和五十年前後のころではなかったろうか。

小学二、三、四年ごろをともに過ごした彼女たちは私にはこの上もなくなつかしいが、ただ久しぶりに会うシゲ子の病状を思えば暗い気持にならざるを得なかった。

ところが、予想に反してシゲ子は昔と変わらぬ明るさで、ベッドを取り巻いた我々を相手に、口だけは健常と見えて、一人ずっとしゃべりつづけた。

病因は、階段から転げ落ちて脊椎を痛めたそうだが、それまでは高知でも大きな金融業を営む旦那に囲われていたのだという。

旦那のことをおっさんと呼び、話題はおっさんののろけに終始したが、聞いていて私は、遠い昔、身代金《みのしろきん》の三百円を誇らしげに語ったシゲ子のプライドを思い出した。いま彼女を支えているのは、富豪のおっさんに一軒持たせてもらい、愛されたという事実であって、この年月あるために地獄の責苦とも思える病魔と闘えるのだと思った。

このあとまもなく、彼女は帰らぬひととなったが、私にすればこの紙数ではとうてい書き切れぬほど、シゲ子を含めた五人についての思いは残る。

自分を売った親

いまこれを書いている私の左手の薬指には、すっかり馴染《なじ》んでまるで自分の皮膚の一部になったかのような、小さな指輪がはめられている。

どこにでも売っているような銀の台に、芥子《けし》粒ほどの細かなダイヤが七個埋め込んであり、いったいいつごろから私の指にはまるようになったのか、思い出せないほど古いもの。

私はものの始末が超ぞんざいなだらしない人間で、これまでにどれだけ貴重な品々を失ってきたか。

その私が、この指輪だけはいまだ身につけているというのは、もとの持主の一種の執念か、或《ある》いは、私自身の悔悟から来るものか、少しばかりふしぎな思いがする。

指輪を私にくれたのは、うちへ三番目にやって来たカズ子だった。

父親に背中を押されるようにして土間に入って来たカズ子を見たとき、私はびっくりした。両眼ひどい斜視で、どこを見ているのか判らない上に、前歯の一本が欠けており、何やら薄気味わるいという雰囲気の子だった。

父親は、もと相撲取りだったそうで、なるほど頭が天井へ届くほどの大男。カズ子も似たのか、私より一つ上にしては骨格たくましく背もぐっと高い。

父親はカズ子を私の家の者に引き渡し、

「ほんなら、よろしゅうに」

と挨拶《あいさつ》して帰ろうとしたとき、突如、カズ子が、

「お父《と》っちゃーん」

と絶叫するや、父親に追いすがり、

「うちも去《い》ぬるー」

とその衣服の端を引っ張った。

すると父親は真っ赤になって手を振り上げ、

「このあほう。あれほどいい聞かせたじゃないか」

というなり、カズ子の頰《ほお》をパンパーンと右左張り、なおも拳《こぶし》で打ち据えようとするのへ家の男衆が割って入り、

「まあまあ。手荒なことはいかん、いかん」

ととめたが、それでもなおかつげんこつを、一発カズ子の頭に見舞った。大男の腕っぷしに折檻《せっかん》され、さぞかしカズ子は気を失って倒れるか、と見守るなか、父親は何事もなかったように、懐手《ふところで》をして帰ってゆき、カズ子も涙を納めてぽかんと突っ立っているのだった。

この光景は、当時三年生の私にはかなりの衝撃であって、当然カズ子の父親を嫌うだけでなく、そんな父親を慕うカズ子がはがゆく、せつなく、そのためによくカズ子とは喧嘩《けんか》した。

もと相撲取りというのは、各地の村祭りなどで行う賭相撲目《かけ》あての取的《とりてき》だったらしく、賞金稼ぎといっても知れたもの、あとは漁に出たり、日傭《ひよう》になったり、あいまには賭博《とばく》に手を出し、年中貧乏していたという。

唯一《ゆいいつ》の金の目あては娘であって、かさんだ借金を返すためにも、高知の東の海辺の町からカズ子を無理矢理連れて来たというわけだった。

癇癪《かんしやく》持ちの父親は、小さいときからよくカズ子を殴ったらしく、自分でも、

「うちお父《と》っちゃんに年中頭を叩《たた》かれたきに、脳が悪うなったの。目もそう。歯も欠けてしもうた」

という言葉がたしかに真実であろうと誰も感じられるほど、事実カズ子の頭の働き

は人並み以下であったように思う。

こんな親でもカズ子はずっと恋い、仕込みっ子に渡される一日五銭の小遣いをギボシの素焼の貯金箱に入れて貯め込み、父親が現れたとき、それをそっくり渡すのだった。

私も入れて、子供たちは飴玉《あめだま》など五銭でおやつを買い、たのしくおしゃべりしているわきで、カズ子だけは唾《つば》を呑《の》み込んで我慢をするのは、さぞつらかったことだろう。

こんなカズ子が、果たして芸妓になれるかどうか、家の者は案じたらしいが、それでも皆と一しょに毎日、舞三味線の稽古《けいこ》には通った。

何しろおぼえの悪いことおびただしく、しまいには師匠のほうが根負けして、

「カズ子、一生のお願いじゃきにおぼえてや」

と泣いたという話も聞いたことがある。

私は、仕込みっ子の中ではカズ子のことがいつも気になり、家にいる間中、ほとんど一しょだった。

三味線の稽古をするときはそばにいて聞いてやり、夜は一つ蒲団《ふとん》で一しょに寝た。

私のいうことにはわりあいと従順だったが、一旦《いったん》怒り出すと大声出してあばれ、そ

ういうときは前歯の欠けた口を開けて迫ってくるので、はだしで逃げたこともいく度かある。

「一人でがんばってやったよ」

私がともに過ごした彼女たちはその後ちりぢりになり、ようやく全員の消息が摑《つか》めたのは昭和五十年ごろだったかと思う。

きっかけは私が太宰《だざい》賞をもらって、曲がりなりにも作家として立つようになったことが報道されたからであって、連絡をくれたのはカズ子だった。

「あんた生きていたの？　よかったね」

が、思わず出た私の第一声で、それというのも音信皆無だった長い長い年月のなかには、多くの人の命を奪ったあの戦争が含まれていたからだった。

父は、昭和八、九年ごろから満州各地の妓楼と取引があり、内地で前借金がかさんで首の廻らなくなった芸妓や、一儲《ひともう》け企てている芸妓など、現地へ送り込んだが、そのころ満州は物価が上昇し、内地の借金も満州で働けば短期間で返せるという好景気だったので、芸妓たちは満州行きを希望する者も多かったらしい。

うちにいた五人も、親に金をせがまれてシゲ子とカズ子が渡満した話を風の噂《うわさ》に聞いたような気もするが、そうなるとあのどさくさで生存の可能性が低いことは私自身がよく知っている。

私も夫とともに戦争末期に現地に渡り、暴民に襲われた挙句、食うや食わずの難民収容所に一年間閉じ込められていたからだった。

私はカズ子からの電話を受けるなり、とるものもとりあえず高知へ帰った。

指折り数えれば昭和十二年に別れて以来、三十八、九年ぶりの対面のはず、自分も年取ったがカズ子もさぞ老《ふ》けているにちがいない、と予想していた私だったが、飛行場にあらわれた彼女を見て、のけぞるほどに驚いた。

あの、どこへ行っても「ひんがら目のカズ子」とはやされ、「どこを見よる」とどやされたひどい斜視はきれいになおり、おまけに歯並びまでまっしろに揃って、自ら名乗りを上げてもらわなければこれがカズ子とはとうてい判《わか》らなかった。

「びっくりしたろ?」

と楽しそうにいいながら、自分のアパートへと案内してくれたが、これにも私は仰天せざるを得なかった。

さして広くはないが、一軒持ち、身ぎれいに暮らしているとはいったいどうして?

といぶかる私にカズ子は、一別以来の身の上話を聞かせてくれた。

呑んだくれの父親にたびたびせびられ、それを逃れるためにも満州へ渡ったのは昭和十八年十七歳のとき。

「いっしょうけんめい働いたよ。早う借金を抜きたかったから」

というとおり、朋輩《ほうばい》の客まで取って稼ぎ、ようやく借金ゼロとなって高知へ帰ったのは二年後だった。

少し小金も貯めており、その金でまず斜視の手術を受け、歯をなおし、急逝した父親の葬式も出した。

戦争が終わったころからカズ子はすっかり身軽になり、もとの得月楼に芸妓《げいぎ》として出ることになって、お座敷では専《もっぱ》ら地方《じかた》を勤めているという。

「地方?」

と問い返す私に、カズ子は立って三味線をおろし、調子を合わせたのち、小唄《こうた》の「空ほのぐらき」を一曲、みごとに弾いてくれたのである。

昔、この曲がおぼえられなくて師匠を泣かせ、私と派手なケンカをしたカズ子はいったいどこへ行ったのだろうか。

「うちはね、何もかも一人でしたよ。一人でがんばってやったよ」

というカズ子の手を取って、

「カズ子、えらかったねえ。よくやったねえ」

と私は溢《あふ》れるものを拭《ぬぐ》いつづけたのだった。

以後、私はカズ子とひんぱんに会うようになったが、ちょっとした加減で大声上げて怒る性癖はなお以前のままで、私はときどきその仲裁に立たされることもあった。

ほそぼそとした芸妓稼業《かぎょう》でも、一人暮らしは結構まかなえるものと見えて、あのつつましいカズ子がやたら私に身のまわりのものをくれるようになり、前項のダイヤの指輪も私とお揃《そろ》いで作ったものだという。

お礼に、私は帰高のたび得月楼のお座敷に呼んであげたが、そのとき少し酒が過ぎるのではないかという危惧《きぐ》を抱いたとおり、まもなく肝臓などわずらい、わずかな入院日数で亡《な》くなった。

朋輩の方々からはまっさきに通知が届いたが、あいにくと仕事と重なっていて彼女を送ることが出来なかったのはかえすがえすも残念だった。享年《きようねん》五十三歳は、働きすぎということの証《あか》しではなかったかと思われるがどうだろうか。

二度目の音信不通

我が家でともに過ごした五人のうち、トヨ子はいちばん印象の薄い子だった。印象が薄いということは、格別問題を起こさなかったということでもあり、いま思い返してもトヨ子が他の子と喧嘩したり、泣いたり喚《わめ》いたりした記憶は一度もない。性質も至っておとなしく素直で、立居振舞ももの静かだったから、私の両親には大いに信頼されていたらしい。

年は乱暴者のカズ子と同い年で、出身地も東の海沿いの町だったと思う。我が家へは、大分遅れて四番目にやって来たことも、万事控え目な性格を形作る一つの要因であったのかも知れなかった。

我が家の五人たちは、休日には活動写真を見に行ったり、遊園地で遊んだり、いつもぞろぞろと連なっていたが、にもかかわらず、私はトヨ子がどんな言動をしていたのか、ひどく記憶が遠いのである。たぶん、私の目はいつもカズ子に向いており、この子がとんでもないことを仕出かしはしないか、よその子に喧嘩をふっかけはしないか、子供なりに監督責任を感じていたのではなかったろうか。しかしトヨ子も他の子なみに小学校卒業と同時に半玉になり、得月楼に出ていたことは知っていたが、その後の消息に就いては全く途絶えたきり、戦後の時代がやって来たのである。

トヨ子の近況がもたらされたのは、妹のアヤ子からだった。

私の小学校の同級生に髪を背中まで伸ばしている子があり、当時、髪を伸ばすのは近い将来日本髪を結うため、つまり芸妓になるための下準備と見るのが常識だったから、少し距離をおいていたが、何とこの子がトヨ子の実妹アヤ子だったのである。

聞けば父親は娘二人を一人ずつ別々の置屋に売ったそうで、姉は私の家に、妹はごく近くで仕込みっ子として過ごしながら、往《ゆ》き来は全くなかったらしい。

身売りした子には全く自由がないという話はよく聞くが、同じ小学校の一年ちがいで毎日顔を合わせながら、お互いにいたわり合う余裕もないのかも知れなかった。

戦後ぱったりと町角で会ったアヤ子の話によると、トヨ子は山梨県でさる不動産会社の社長夫人としていい暮らしをしているという。
早速に住所を教えてもらい連絡を取ると、なつかしい声で、近く東京へ行くので会おうね、と約し、一日、歌舞伎《かぶき》座の前で待ち合わせた。

トヨ子は昔変わらぬ雰囲気のままで、一別以来の話をしたが、このときは二人とも時間が足らず、一まず再会を約して名残惜しく別れた。

そして翌年、私は一人でトヨ子の待つ河口湖《かわぐちこ》町の山中にある、不動産会社の事務所へ訪ねて行ったのである。

このときの私の安堵《あんど》感というものを、人に話しても容易に判ってはもらえまい。私、五人の娘たちを売り買いした家に育ち、その子たちは苦界《くがい》に身を沈めて生きて来たそのかたわらで、自分は無疵《むきず》のまま、身を汚すこともなく今日まで生きて来たことを、どれだけ悔いる思いに責められたか。

時代が変わっても、五人のうち四人までがもとの水商売から足が抜け切れないでいるなかで、トヨ子のみでも素人の世界へと脱出できたこの喜びは、私にとってたとえようもないものであった。

私の訪問日はたぶん昭和五十年ごろだったかと思う。

何とか作家として立っており、このあと五人の彼女たちをオムニバス形式で描いた『寒椿《かんつばき》』の構想は抱いていたが、そのためにトヨ子に会いに行ったのでは断じて無い。

トヨ子は、この日のために河口湖町の魚屋に頼んで大きな鯛《たい》を用意してくれ、そして取っておきの赤ワインを抜いてくれた。

残念ながら、下戸の私にはワインのおいしさは判らなかったが、二人枕《まくら》を並べて暁《あ》け方まで、語っても語っても語り尽くせなかった。

心残りは、ご主人に会えなかったことと、トヨ子に喘息《ぜんそく》の持病があることだが、その後はどうなったか、再びまた便りは途絶えてしまったのである。

ただ、私が帰高するたび、得月楼でなお芸妓稼業をしているアヤ子を呼んでやり、姉の消息を尋ねるのだが、冷たいもので、

「うんうん、機嫌ようやりよる、やりよる」

とだけの応答で、子供のころから別れて他の家で成長した姉妹というのはこんなものかねえ、と一人で合点するのである。

思うに、このせつ、不動産業といっても波があり、またトヨ子も、ここまで来るについてはずい分と無理を重ねているだろうと思われるだけに、なおまた、別の苦しみと闘っていはしないかと心配するのである。

流れ流れて

この章で、私は気の進まないむごい話ばかり書いて来たが、しかし昭和を語るには、我が身を犠牲にして家族を支えた多くの女性たちをぬきにしては成り立たないと思う。

その一例として私の家の仕込みっ子五人の事情を話したが、最初から四人までは哀れな身上にもかかわらず、どこか一抹、集団生活の楽しさもあったことは、私だけの感じかたであったろうか。

それに、集団生活といっても我が家でのほんの四、五年のあいだだけで、私の家を出たあとは苛酷《かこく》な苦界の暮らしにそれぞれ、血の涙を流したこともあったにちがいない。

戦後、私は亡くなった一人を除いて三人をなつかしみ、互いに連絡を取り合って再会を果たしたが、最後の五人目、ミサ子だけは思い出すのもせつなくて、いまだにその後の様子は知らないのである。

ミサ子が我が家にやって来たのは、カズ子トヨ子がまだ居たころであったか、或《ある》いは、四人とももういなくなったあとだったか、その辺りの記憶が甚《はなは》だあいまいなだけ、私の関心は薄かったと思う。

とてもきれいな子で、色白の細面に髪は「烏《からす》の濡羽《ぬれば》いろ」と女子衆さんたちがほめるほど黒く、体つきはきゃしゃだった。

私と同い年だったが、転校して来たとき、私は女子A組、ミサ子はB組に入ったので、朝晩一しょに登下校したという記憶はない。

口数も少なく、いつもひっそりと家の内のどこかに居て、舞三味線の稽古《けいこ》にはひとりで出かけていたらしい。

ミサ子が来て半年くらい経《た》ったころ、私はある午後、店の間にいる父に呼ばれた。

何やらものものしい雰囲気で、

「お前は、日ごろからわしがあれほどいい聞かせてあるにもかかわらず、ミサ子のことをいじめただろう」

と思いもかけぬ叱声《しっせい》。ぽかんとしている私に父は、さきほど、高知桟橋を管轄《かんかつ》している警察署に呼ばれ、行ってみるとそこには目を泣き腫《は》らしたミサ子が保護されていたという。

署側の説明は、今朝、大阪通いの客船が係留されている桟橋でこの子が泣いており、聞いてみると、大阪に姉ちゃんがいるから、そこへ連れて行って欲しいと懸命に懇願したという。

たしかにミサ子には姉があり、娼妓《しょうぎ》として大阪の飛田《とびた》遊廓《ゆうかく》へ世話をしたのだが、ミサ子はまだ小学生故《ゆえ》、家に引き取ったことを説明して父は一まず連れ帰って来たのだった。

父は、

「今まで四人の子を養って来たが、一人として逃げ帰ったような者はおらぬ。お前がミサ子をいびり出したとしか考えられん」

と私に詰問《きつもん》したが、もとより身におぼえのないこと、しかし親に口答えなど以《もっ》ての外の時代、口惜《くや》し涙を拭いながら父の前を下がった。

このとき私がもししっかりと口をきけたなら、果たしてミサ子は、私にいじめられたために姉のもとへ行きたかったのか、或いはただ姉が恋しくて衝動的に桟橋まで歩いて行ったのか、それを糺《ただ》せばよかったのに、私もただもやもやと後味のわるい思いを溜《た》めたまま過ごしてしまったのだった。

それというのも、父は常日ごろから「使用人を大事にせよ」とうるさいほどいうひとで、一度、私は女子衆さんをいびって泣かせ、父にこっぴどく叱《しか》られた痛さも忘れてはいないのである。

まもなくミサ子は家からいなくなり、そしていく星霜《せいそう》流れて私の境遇の上にも大きな変化があって、三十歳も終わりごろだったたか、ひどく厭世《えんせい》的な思いを抱いたまま、高知県の最西端、宿毛《すくも》の町を訪れた。

知人のいないさびしい町で一人考えたく、雨のなかをさまよって、とある縄のれんの一軒を見つけ、何の考えもなく、そこをくぐった。店の奥にはしたたかそうな老女が目を光らせており、私を見ると「二階かね？　階下かね？」と聞き、上を指す私を見ると、すぐ手を叩《たた》いて誰かを呼んだ。

二階へ上がった私がそこで見たものは、二つ枕を並べた赤い夜具で、それに仰天している私がさらにのけぞるほど驚いたのは、後から上がって来た長じゅばんの女性は、正しく正しくあのミサ子だったのである。そして、

「あんたミサ子じゃない？」

と呼びかけた私の声に、その女は目をそらせ、

「ちがうよ。私はアケミ」

というなり、とんとんと階段を下りて、

「女同士は嫌なんだってさ」

というなり、店の奥へ姿を消してしまったのである。

こんなせつないことってありますか。私が五人目のミサ子のことを思い出したくない気持、読者の方もおわかり頂けるかな。

父の愛犬

何も昭和の時代に限ったことではないが、私の家で飼っていた犬の話では語りたいことはいろいろある。

父は、商人の家に生まれたたった一人の男の子だったせいか、妙に人を恋しがるところがあり、その最も顕著なものが犬を飼う習慣だったことを思い出す。

振り返ってみても、もの心ついてからはいつも家には犬がおり、父の残した日記をめくってても必ず何時起床、何を連れて散歩、というのが最初の一行で、よくも毎日、同じことを書いたものだと感心したことだった。

このなかで、父が一入《ひとしお》いとしんだのは、「那智《なち》」という日本犬で、たぶん秋田犬ではなかったろうか。

ことの起こりは、昭和の初年に起きた事変で、日本の「金剛」「那智」の二頭が大いに活躍し、国民を沸かせた話から始まっている。

活躍の内容は忘れたが、ともかく日本軍の勝利に大いに貢献したことは間違いないようで、新聞ラジオはむろん、当時の小学国語読本にも写真入りで載せられ、多くの人にほめられ、もてはやされたもの。

新しいもの好き珍しいもの好きの父は、このニュースに接して、「賢い犬じゃ。犬はこうでなくてはいかん」といい、八方手を尽くしてこの二頭に似た軍用犬を手に入れようとしたらしい。

が、軍用犬を民間人が手に入れられるはずもなく、結局我が家にやって来たのは、面相、体形が那智によく似た牡犬《おすいぬ》一頭だけだった。

しかしうち中、天にも昇るよろこびで、階段の下に作った特製犬小屋を皆々代わりばんこでのぞきに行き、

「ナチ、ナチ」

の絶叫がいつも家のなかにひびき渡るというありさまだった。

ところで私自身、犬好きかといえば、まあフツーという程度で、かつてリーと名付けた黒い小犬がトラックに轢《ひ》かれて死んだとき、一晩中、大声をあげて泣いていたという記憶がある。

リーをとくに可愛《かわい》がっていたわけではないが、車に轢かれたのがむごくて涙がとま

らなかったのだと思う。

父は、他のどの犬にも増してナチを大事にし、むろん朝の散歩も人手に任せず、客にも自慢していたが、ペットというのはいつのまにか習慣化すると飼いはじめの感動はだんだんうすれてゆくものらしい。

そのうち、ナチの姿が犬小屋から消えてしまったのを、当時小学生の私は気がつかなかった。

もっとも家の大人たちは十分に知っていて噂《うわさ》しあっていたらしいが、その事情を私は聞いたところで、何にもなりはしなかったと思う。

というのは、それ以前から父母のあいだがうまくいかなくなり、父には別の女性が出来てそちらへ足繁《あししげ》く通うようになっていたからだった。

母は病身だったし、父がその女性のもとへ自分の持物を少しずつ少しずつ移す様子を、万感の思いをこめて見ていたことであったろう。

家のうちから父の帽子や衣類、鞄《かばん》、筆記道具など次第に消えるのを、子供の私はほとんど知らなかった。

仏壇がなくなったらおしまいね、と母は涙を拭《ふ》きながらそういったが、仏壇が移される以前、ナチはすでに連れ去られていたのではなかったろうか。

その年の夏、小学生は兵士の慰問袋の資金として一人十個ずつ石けんを売り歩かねばならなくなり、それを抱えて私は家を出た。

石けんは売れず、見知らぬ町を汗をぬぐいながら歩く私に、そのときふいに大きな犬の吠《ほ》え声が耳についた。

犬はわんわん、うおっうおっとさかんに吠え、やむことなく、聞いているうち私ははっと気がついて鳴き声のほうに駆け寄った。

「ナチ、お前ナチじゃないの。こんなところにいたの」

と手をさしのべる私に、ナチは尻尾《しっぽ》を千切れるばかりに振り、私も思いがけぬ再会にただおどろくばかり。と、そこへ現れたのはまさしく父で、何とここは父が女性と一しょに住んでいる家だったのである。

ナチはきっと、別れの言葉も交わさず離れてきた私のために、ボクはここにいる、と懸命に教えてくれたものにちがいなかった。

ナチがどんな末路を辿《たど》ったか、私は全く知らないが、きっとあの父の新居で毎朝の散歩は欠かさず、おだやかな生涯を了《お》えたのではなかったろうか。

昭和十二年の父の日記には、やっぱり早朝五時犬を連れて散歩、と記してあるのは変わらないのである。

ドリの瞳

私がドリ、という名のその犬に初めて会ったときのことは何故《なぜ》かはっきりとよく覚えている。

昭和十四年二月一日の夜だった。

父と母はこの前年に離婚し、父は以前からの女性と朝倉町に新居をかまえており、母はたぶん慰藉《いしゃ》料などで買ったと思われる小さな食堂を、高知の繁華街ではじめたばかりだった。

私はといえば、この母と別れるにしのびず、反対する父を振切って母と同居、その食堂の二階で、迫ってくる女学校の入試の勉強をしていたころのこと。

しかしこの母と私は血がつながっておらず、いまは姓も異なる母と同居していたのでは入試にも悪影響を及ぼす、と父や担任教師、親戚《しんせき》一統などから催促され、意を決してひとり父のもとに帰って来たのがこの日だった。

底冷えのする寒い日で、母は私と別れるのがつらさに涙ぐみながらもハイヤーを仕立て、私を送り出した。

車が朝倉町に着き、重いガラス戸が引かれて内から五、六人の人々が迎えに出て来、私が土間に足を踏み入れたとたん、

「わん」

と大きく吠えて私の胸に飛びついて来たのがこのドリだったのである。

犬は私の背丈よりも高い大きなシェパードで、私はたまげるほど驚いて後退《あとずさ》りしていると、父があらわれて犬の頭を叩き、土間の隅の犬小屋に追い込んで錠をおろしてしまった。

家では犬はほとんど切れめなしにずっと飼っていたが、こんな大きなシェパードは初めてだったばかりでなく、高知の町でもめったと見馴《みな》れなかったので大そう珍しかった。

父に聞くと、私と離れて暮らしていた年月、商用で満州に旅行し、新京の妓楼《ぎろう》の主《あるじ》の世話で大型のシェパード二匹を買い求め、特急あじあ号に乗せてはるばると連れて帰って来たのだという。

え？　そしたらその二匹、満州語でないと判《わか》らないの？　お手、もおまわり、も、

ちんちんもできないの？　と問う私に、父は、

「それどころか、よほど奥地に生まれ育ったものか、方角が判らず、乗物をこわがり、なかなか人に馴れんので困ったよ」

というのは、一匹はドリ、一匹はトラ、とすでに名前はついていたが、ドリはともかく、トラはどうもあまり賢いほうでなく、ある日、土佐電鉄の伊野駅から電話があって、

「首輪の鑑札でおたくの犬だと判りましたが、電車の前の網の上に乗ったまま、ここまで来ています」

とのしらせ、うち中大さわぎで兄が駆けつけタクシーで連れ戻ったが、犬小屋の錠の空いているとき抜け出して、それっきり戻らなかったといういきさつを経て、かの二月一日にはすでに家にはいなかった。

トラに較《くら》べるとドリのほうはいくらか分別があるといわれ、私が対面したあの夜、日本語での命令はもういくらか理解しているようであった。

父はだんだんに老い、シェパードの朝晩の散歩が重荷になって来て、ときどきは、

「今日は代わってくれるか」

などと弱音を吐くようになっていたが、私にとってこの散歩は大の苦手だった。

人に馴れていないせいか、わざわざ人の輪のなかに入っていってはそのまん中で糞《ふん》をするのである。

私は真っ赤になり、手綱を強く引くのだが何しろ相手は重量級、私が懲罰のために少々頭を叩《たた》いたくらいではよく理解できなかったらしい。

しかし私は、うちの犬のなかでドリにいちばん親近感を抱いており、まもなくやって来た女学校の入試にみごと落ちたとき、犬小屋の前にしゃがんでさめざめと泣いた。どうして受からなかったの？　え？　ドリ、教えてよ、私のどこがいけなかったの、と涙を拭《ぬぐ》いながら愚痴る私を、ドリはつぶらな瞳《ひとみ》でじっと眺めており、それは私をしみじみと慰めてくれているように思えた。

このときのドリの瞳の印象は私に灼《や》きついており、ずっと後に作家となったとき、同じ仲間の加賀乙彦《おとひこ》さんの澄み切った瞳を見て、「ドリにそっくり」といったところ、加賀さん憤然として、

「僕の目が犬に似ているというんですか」

と叱《しか》られたことを覚えている。

いや、単に加賀さんの瞳がドリに似ているというのではなく、あのときやさしく私を包み込んでくれた美しいドリのまなざしを、何かと助けてもらっている加賀さんの

あたたかさに重ね合わせてなつかしんでいるのだった。

ドリは、家にやって来た最初の日には私がいなかったように、亡《な》くなった日もまた、私が結婚して家を出たあとだった。

空になった犬小屋のなかには、抜けた綿毛のようなものがふわふわと漂っていて、とても悲しかったことを、いまでも忘れないでいる。

昭和への愛着

上は洋服、下は下駄《げた》

他愛《たわい》もない生活上の習俗にすぎないが、変革の激しい昭和時代に生きた人間の、失われたものに対する小さな愛着として書き残しておきたいあれこれがある。読み流して下されば、それでありがたいと思う。

しょっぱなは、まずは足もとの履物、下駄のことからいきたい。

何故《なぜ》下駄かといえば、薫風素肌に心地よい季節となり、冬中冷え症に悩まされた人たちも足袋靴下のたぐいを脱ぎすてたくなるのではないかと思われるし、実をいえば私も、上は洋服ながら、やっぱり足は下駄という昔なつかしい異様な装束となってしまうのである。

下駄は大昔から日本人が愛用して来た履物だけに、戦後、ほとんどの人が靴の生活になってしまうまで、それぞれ密接な関わりがあったと思う。

どこの家でも、盆暮れの挨拶《あいさつ》は大てい履物だったし、季節がくると上等の桐《きり》下駄を箱に入れ、のしをかけた包みを胸に抱いた女たちの姿はよく見かけたものだった。

もらった家でも、下駄と思われる箱が積み上げられるのは一種の安心で、

「これでお父さんの来年一年分の足が出来ました」などといい、ほっとしたらしい。

なにしろ老若男女すべての人が愛用したものだから、かたち、材質、鼻緒の好み千差万別あり、戦前は下駄屋さんが実に多かった。

半面、靴のように寸法がないものだから、そこにある人のものをちょいと突っかけて行きやすくもあり、私の家のように始終人が集まる土間では、下駄の間違いの争いが絶えず、男衆《おとこっ》さんたちが、大声でいいあう声をおぼえている。

これを防ぐには、下駄に焼印を押したり、鼻緒に小さな切れを結んでおいたりするのだが、逆に敬遠されたりする例もある。

将棋の好きな新さんは何故かひどい油足で、この人の下駄にはいつもべったりと足形がつく。

「鯨の食べすぎだよ」

「鯨のたたりだよ」

とまわりはひやかすが、体質なのか、足の裏からにじみ出る汗と油で指のかたちまでくっきりとついてしまうので、人の下駄を無断借用すればすぐ露見するのである。

新さん案外きれい好きで、下駄はよく洗うらしく、鼻緒が濡《ぬ》れないようつまみ上げておいてゴシゴシ石けんでこすり、塀の上などに並べて干してあるのをよく見かけたものだった。

で、私などの女学生時代、戦争も深刻になるにつれて制服制靴にもきびしい制限が課せられた。

一、二年のときはまだ豚革の制靴があったが、まもなく三年以上は下駄と定められ、それも竹の皮を張った竹張りのものとなった。

しかも鼻緒の色も決められてあり、三年は白、四年は黒、研究科は青色で、それは自分で縫ってすげねばならなかった。

下駄は素足でしっかりとはかねばならず、酷寒のころ、足指にしもやけが出来たり、そうでなくてさえ指先は真っ赤になって感覚がなくなったりしたが、いま思い返してそれが辛《つら》くてたまらなかったという記憶はない。

きっと、「みんなで……すればこわくない」の口で、戦争に協力するつもりもあったのだろうか。

そのころ、私の家の庭の隅に一本の梅檀《せんだん》の木があり、伸びすぎてほかの植物に日陰を作るので伐《き》らねば、と家中で話しあっていたところ、折もよく下駄製造業者が譲ってくれという。

では、金はいらないから下駄と交換、という約束で木を伐らせ、出来上がって来た下駄の台に鼻緒をすげてはいてみたところ、いや重いこと、重いこと。伐ったばかりの栴檀はまだたっぷりと水分を含み、当時一番重いとされた、若者のはく「朴歯《ほおば》の木履《ぼくり》」よりもまだもっと、鉛のようだった。

いま、下駄の需要はほとんどなくなり、わずかに浴衣《ゆかた》姿の女性が素足にはいているのを見るだけになってしまったし、下駄好きの私など、下駄屋を捜すのが一苦労というありさまになってしまった。早晩消える運命なのだろうか。

流しのもの売り

昔はあった仕事で、これからはもう決してあるまいと思われる職業の一つに「歯替えやさん」がある。

いまの下駄は、裏についているふたつの歯とも表の台と同じ素材で、つまり一枚の木を歯と台のかたちに抉《えぐ》りぬいたものを一般的にそう呼んでいる。

こうすれば、歯の厚みは自由だし、厚ければそれだけ安定性はある。しかし、歯が厚いと重くなるので、このかたちは桐などの軽い下駄のみに見られたもの。

こんな桐の台付きでは歯替えやさんの出番はないが、「木履」と呼ぶ歯の取替えができる下駄をはくようになってからは、毎日のように、

「歯替えはありませんかー」

の呼び声が往来から聞こえるようになった。

木履は台の裏に二つみぞを彫り、そこに堅い木の歯をはめこむもので、以前は雨《あま》木

履と呼び、先革などをつけて雨の日専用のはきものだった。

歯の厚みは一センチくらいから、学生のはく朴歯《ほおば》木履などでは二センチ以上もあり、高さもふつうの日和《ひより》下駄などよりはぐっと高い。

ということは、この二つの歯が持主の使用に耐えてちび果ててしまうまではけるわけで、その上、歯替えやさんに頼めば、新しい歯に取替えてくれるのである。

歯替えやさんは町の辻《つじ》に店を開き、まずちびた歯を槌《つち》で叩いて外し、砂などが混じったそのみぞのあとをきれいに洗ってのち、水を張った洗面器のようなものに新しい歯をひたしてから、それをみぞの中にするりとはめ込み、まわりをきれいに拭《ふ》いてからさあ一丁出来上がりとなる。

たのんだ人はそれをはいてみて、

「まあまあ、足が軽うなったよ」

と喜び、ちびて先がカールした古い歯をさも汚らしそうに眺めるのは皆、おなじ。

こうすれば、表の台一つあれば歯は何度でも取替えられるので経済的なことこの上なし。

但《ただ》し、木履は背が高くてすこぶる不安定なので、年寄りや子供向きとはいえず、私も何度転んだやら。うちでは専ら女子衆さんたちの水仕《みずし》はきとして使い、水仕事のあとは下駄を裏返して垣根に干してあった光景など目に浮かんでくる。

この手の流しのもの売りには鋳掛《いかけ》やさん、煙管《きせる》の羅宇《らお》替えやさん、綿の打ち直しなど数々あるが、いずれも詳しく説明しなければたぶん判《わか》ってはもらえないだろうと思うので、手前の勝手で簡単に書かせて頂く。

鋳掛やさんは、鉛を溶かして鍋釜《なべかま》の小さな穴をうずめる便利やさん。土佐の高知のはりまや橋で、坊さんかんざし買うを見た。のよさこい節にうたわれた坊さんがかんざしをプレゼントした相手は鋳掛やのお馬さん、という。

ということは単に鋳掛やという屋号があったのか、或《ある》いは辻の商いでなく鋳掛け専門の店があったのか判らないが、何も知らないでいまもよさこい節にうたわれるとは、お馬さん生きてあれば涙流して喜ぶかも。

羅宇替えやさんは少々大がかりな箱を担《かつ》いでやってくる。辻に荷をおろすと、箱の中から白い湯気が昇りはじめ、ひゅうひゅうと笛に似た音を立てるようになって、さあ客集め。

父の使いでやにの詰まった煙管二、三本持って頼みにいくと、どんな魔法を使うのか。夕方にはすぱすぱと通りのよくなった煙管によみがえるのである。

それから夏になると綿の打ち直し。

これはいまでも十分生きてあり、来るべき冬に備えて新しい蒲団《ふとん》を作るための主婦の準備である。

私の子供のころ、この仕事をしていたのは、裏長屋のおじいさんだった。

鼻が悪いのか、呼び声はいつも、

「ファータのうちなおーし」

と聞こえるので、幼い私は、

「ファータってなに？」

と聞くと、そばにいた兄が、

「それは英語なんだぞ。じいさんは昔、英国に留学してたえらい人なんだ」

と教え、私は長いあいだ、綿の英語はファータ、だと思っていたものである。

ただ、じいさんが注文をとって荷車に積み上げた古綿の汚いこと、汚いこと。畳まれた綿はどれもぺっちゃんこにつぶれ、汚れてむさくるしいことおびただしいが、じいさんはそれを汗をにじませながら、前かがみになって綿の店へ運んでゆくのだった。

この汚れた綿が、秋の初めにはふっかふかの白い綿に生まれかわり、安らかな眠りを与えてくれるものとは当時の私には判らなかったが、あのファータのじいさん、注文のない冬のあいだは何をして暮らしていたのか、とふと思い出すことがある。

思い返してみると、昔は何も彼《か》もものを大切にしてくり返し使っていたのだな、とつくづく反省させられもする。

運の強い着物

言葉はまことに生きもので、新しいものがどんどん生まれる半面、死語となったものも多くあり、たとえばやりくり、なんてのもそのひとつではあるまいか。

もっとも、意味の解釈次第でいまも生きてときたま使われることもあるようで、「日程をやりくりして」とか、或いは何かを作るとき、「材料をやりくりして仕上げよう」とかは、若いひとでも使われるだろうが、これが我々世代ともなれば、やりくりとは専ら家計のこと。

それも主として金銭のこと。

そして端的にいえば質屋通い、というのが判りやすい。

昔は、「一生に一度も質屋ののれんをくぐらなかったしあわせな奥さん」というのがあったくらい、最も手軽な家計のやりくりの手段だった。

しかし質屋で金を借りるには質種というものが要り、その内容は千差万別であったらしい。

空っぽの飯釜を持って行ってなにがしかの金を借り、仕事に出てその賃銀で夕方には釜を請け出し、夕飯の仕度をする長屋の熊《くま》さん八っつあんは落語に出てくる話。昔は、手軽に借りられる消費者金融なんてものは全くなかったし、大ぜいの男衆さん女子衆さんを抱えて私の生家の母などはいつもやりくりに走りまわり、質屋通いで忙しかった。

質種になる衣類でも、大島・結城《ゆうき》のたぐいは値よく貸してくれるので、「これは質種用」と別にとっておき、自分はほとんど着てはいなかったのではなかろうか。

とはいえ、真っ昼間、質種を背負って質屋ののれんをくぐるのは誰も気がひけると見えて、質屋の門燈《もんとう》は大てい薄暗く、秘密めかしたたたずまいである。

子供のころ、母について行き、「ここで待ってて」と入口におきざりにされた記憶は、いつも不気味でおそろしかったもの。

風呂敷《ふろしき》を折り畳んで出て来た母はいつもいかにもほっとした表情であったのも、子供ながらにはっきりとおぼえている。

質屋で得た金は、長火鉢の前で紙幣のしわをのばし、女子衆さんに一人一人給料として手渡していたことも忘られはしないが、後年この光景が私の人生にも生きてくるのである。

長じて結婚し、子供を養い、家計が火の車になったとき、やっぱりやりくりには質屋通いと思い出すのは当然だったろう。

夜の更《ふ》けるのを待ち、なけなしの衣類を包んでまるでどろぼうよろしく、足音をしのばせてその門をくぐるのだが、ここに至るまでどれほど胸をどきどきさせたことか。

その上、さし出した衣類を主《あるじ》が品定めするあいだ生きた心地もなく、たとえ金額は低くとも「これこれで引き取らせてもらいます」の言葉を聞くまで、大げさにいえばガタガタふるえどおしの有様。

質屋の借金は、いわば担保つきだから何もおそれることはないけれど、質屋とはいくつになっても恥ずかしく、おそろしいもの。金を貸してもらった嬉《うれ》しさに、翌日は菓子折を持参して礼に行く、というアホなまねまでしたことのある私。

そして、借りた金には利息がつき、毎月きちんとそれを払えば担保物件は手もとに戻ってくるが、私など利息の金の都合がついたためしがなく、いったい着物をいくつ流したやら。

私の着物のなかで、横縞《よこしま》の大島一枚だけがこの困窮のなかをかいくぐっていまも手もとに残されており、虫ぼしのときなど見ると、何だかとてもなつかしくなる。

よくよく運の強い大島だとみえて、あっちこっちの質屋ののれんをひんぱんに出たり入ったりしたにもかかわらず、キズ一つなくいまも健在である。

いまは、やりくりには軽便な方法がとられるようで、何も大きな荷を背負って深夜ひそかに質屋を訪れることもないが、これも古い昭和のひとつの図というべきか。

「フ、ォウド」の運転手

たぶん昭和初年ごろのことだと思うが、その時代、高知市には自動車は二台しかなかった、と、これは私より十八歳年上の兄から聞いた話。

二台ともフォードで、県庁と陽暉楼《ようきろう》が所有しており、兄は陽暉楼の運転手だった。どういう経過を辿《たど》って兄が運転免許を取ったのか幼かった私は何も知らないが、車が稀少《きしょう》価値であったからには運転手も女性たちにさぞやモテたであろうことは想像がつく。

兄は毎日、ダブルの真っ白なYシャツにネクタイを締めて通勤したらしいが、そのYシャツのカラーを、うちの女子衆さんたちが争って洗濯してあげたと聞いている。

私の幼い記憶でも、庭に立てかけたガラス板に、糊《のり》を利《き》かせたカラーをぺったりと貼《は》りつけ、とても大事そうに扱っていた光景が目に浮かんでくる。

こうすればカラーに糊をつけたり、アイロンをかけたりしないでもいいわけだが、少したつとクリーニング屋さんが自転車を漕《こ》いで御用聞きにやってくるようになり、カラーを頼むか頼まないかで毎度、いい争いをしたらしい。

兄にいわせると、当時はまだフォードの運転手といえばかなり羽振がよかったようで、兄は死ぬまで、フォードのよびかたを、もったいぶって、

「フ、ォウド」

と発音していたのが耳に残っている。

こんな有様だから、乗せる人もそれなりに厳選したらしく、ときどき指を折って教えてくれたが、私など名も知らないようなえらい人ばかりだった。

私が乗せてもらったのは一度だけ、高知市の西隣、伊野町の大国さまのお祭りだが、この日は朝から支度で大へんだった。

白粉《おしろい》こそつけないものの、よそゆきの振袖《ふりそで》に帯を結び、扇子を持っての礼装となると、出かけるころにはもうぐったりと疲れてしまう。

何でこんなにおめかしするのかな、と子供心に思ったが、車が走り出してすぐ判った。

伊野街道は、電車の単線と平行して通っており、出発点から伊野行きの電車と並んで進むので、こちらの車内が電車の座席からはもろに見おろせることになる。

誰が教えたか、電車の客は紙の小旗を持っており、フォードの客すなわち我々に向かってその小旗を振るのである。

たぶん、えらい人が乗っているから歓迎の意を表明したほうがよい、とでも命令されたのか、電車の客は懸命に振りつづけ、私は母とともにそれにこたえて手を振りつづけねばならなかった。

これはたしか満州事変のころではなかったろうか。世も騒がしかったから、紙の小旗はいつでも誰でも持っていたかも知れないし、高級車に乗っている女の子には表敬の意味を示したものかも知れなかった。

話は変わるが、当時庶民が手軽に乗れる乗物といえば自転車が挙げられるが、いまとは違ってこれは何かと忌み風潮があった。

即《すなわ》ち女が自転車に乗ると不妊症になるというもので、当時の「生めよ殖《ふ》やせよ」の出産奨励ムードのなかでは、逆らえば非国民視されても仕方なかったのである。

ところがある夜、兄の家からの帰り、暗い横町を歩いていると、自転車の稽古《けいこ》なのか、私の前をふらふらしながら乗っている人がいる。

とうとうがちゃんと倒れてしまい、その人を助けようと近付いてみると、それは我が家のねえちゃんだった。

このねえちゃんは我が家の女子衆さんでは最後となったひとで、このとき女学校卒業間近だった私とはたぶん同じ年ではなかったろうか。

倒れたねえちゃんはあわてて起き、口に指を当ててみせたが、私がさらに驚いたのはこのひと、ふだんの和服にエプロンという姿のままだったこと。うちの自転車は二台とも男乗り、それで稽古するのに、もんぺも穿《は》かず、裾《すそ》を割り、太腿《ふともも》を見せてまたがるとは。

そういえばこのねえちゃん、食事のあとでいつも生《き》のままの酢を盃《さかずき》いっぱいあおり、

「こうすれば体がやわらかくなって、軽業ができるのよ」

と私に教えてくれたが、あとから思えば、自転車の稽古は将来軽業師になるための練習であったかも知れない。

このねえちゃんのことは、最後まで私には謎《なぞ》だった。

故郷はどこやら、うちをやめてのちどこへいったやら、その後どうしているやら、誰も消息を教えてくれないのである。

自転車の稽古はすぐ父にみつかり、「そんなことしよったら子供が授からんぞ」と叱《しか》ったら、「子供なんていりません」と堂々といったとか。

父の櫓舟《ろぶね》と動力船

前項は自動車だったから、それに準じて「舟」のことを書こう。

といっても、極めて私的な私の親父《おやじ》の話だけれど、この人、大の釣好きだった。私がもの心ついたころ、家には櫓舟が一艘《そう》あって、ふだんはお稲荷《いなり》さんの前の泊り場にもやってあった。

目の前は魚族の豊富な浦戸《うらど》湾で、波おだやかな入江なのでいつもたくさんの釣舟が浮かんでいる。

とくに春にニロギ、秋にハゼ、がよく釣れるので、私も二、三度連れて行ってもらったことがある。

日和《ひより》を見定めて漕ぎ出すのだが、小さい舟なのでせいぜい三人で満杯。同乗の男衆さんに、ゴカイというミミズに似た餌《えさ》をつけてもらって釣糸をおろすのだが、ハゼやニロギはよくよく腹が空《す》いているものとみえて、子供の私の釣糸にもすぐ食いついてくるのである。

ツンツンと引き、えいっとばかりに上げると、ピチピチと跳ねる小魚が上がってくるが、これを釣針から外すのも男衆さんに頼まねばならぬ。

よく釣れるときは餌箱のゴカイがすぐ乏しくなるが、こういう日はゴカイ売りが櫓を漕いで舟から舟をまわって売りに来る。

時分どきになると、持参の釣弁当を開いて腹ごしらえ。とくにごちそうはなくとも、舟の上で食べる弁当の味はまた格別で、私などこの昼餉《ひるげ》が何より楽しみだった。

困るのはおしっこのこと。

どの舟にも小便筒という、丈の長いずんぐり胴の花瓶様の陶器を入れてあり、男性はこれにチョロチョロと用を足し、そのあと舟のへりからかがんで海水で洗っておく。

しかし女はこうはいかず、行きたくなると櫓を漕いでいるひとにそういい、漕ぎ手は舌打ちしながら、

「いま食いついておる真っさい中じゃがのう」

といいつつも、近くの土手に舟をつけてくれる。

昔のことだから、土手に公衆便所があるわけでなし、人目を避けて草むらなどですませると急いで舟へ戻るのである。

父の釣好きはその後だんだん膨らみ、とうとう念願の動力船を手に入れたのは私が中学に上がるころだったろうか。

これだとモーターの他に四、五人は乗るスペースがあり、浦戸湾から遠く外海へ出て大きな魚も釣ることが出来る。

ただし、外海に出て漁をするのには漁師の免許を持っていなければならず、本人にそれがなければ免許ある者を必ず同乗させていなければならぬ。

父は東助さんという漁師がごひいきで、漁に出る日が決まればすぐさま使いを出して予約をしておくのだが、電話のない時代、私は何度東助さんの家に使いに走らされたやら。

その上、夕方になると家中で魚籠《びく》をさげて迎えにいかなければならず、今度は屋根つきの立派な泊り場で待っていると、エンジンを止めた父の船がすべるように帰ってくる。

櫓舟と違って生簀《いけす》つきの船からはタイやチヌ、イサキやエボダイなど、当時は名も知らなかった大きな魚が上がってくる。上機嫌の父と東助さん。ただしこれは豊漁のときだけ。

魚籠の中味が軽いときは二人とも苦虫を噛《か》みつぶしたような顔になるのも無理のな

いこと。

そして釣った魚はただちに料理して全部食べられるかといえば、ときは戦時中。獲物の内容と数量はすぐ近くの中央市場へ届けねばならず、供出量をさし引いた残りがやっと自分のものとなるのである。

しかし東助さんのナビゲーターがあれば効果抜群で、船の運転はむろんのこと、漁師組合が申し合わせて海底に沈めてある餌の場所まで案内してくれるのである。

父など、免許もないまま、この船を操って一人で漁に出ることはついになかったが、それでも夏の夕涼みには、子供たちを乗せて浦戸湾をいく度か疾走してくれた。

舳《へ》先《さき》に坐《すわ》っていると、ギッチラコの櫓舟と違い、船は左右に波を分け、まるで天空を駈《か》けるような爽快《そうかい》さで進んでゆく。

このころから五十年以上経《た》ってのち、私はクイーン・エリザベス号に乗って三週間の旅をしたが、荒天の際、船がどんなに揺れても私は船酔いしなかった。子供のころのこの経験がひょっとして役立っていたのかも知れない。

父は櫓舟と動力船、両方ともとても愛し、船洗いの作業も決して人に任せず、自分で必ずやっていたが、それだけに、昭和二十年七月の高知市の大空襲で二艘とも焼けてしまったときは、

「家を焼かれたよりもっと悲しい」

と嘆いたのを覚えている。

いちばん始めは一の宮

小さいころ、私どもはお手玉（土佐ではおじゃみという）に熱中したものだったが、いまこのお手玉で遊んでいる光景など、全く見かけなくなってしまった。

先日、同年輩の読者の方から、いろいろな布を接《つ》いで作った美しいお手玉を贈られ、さっそく宙に投げて昔のように遊んでみたものの、如何《いかん》せん。平衡感覚の衰えか三つとは続かずすぐ畳に落ちてしまった。

が、あのころ、お手玉を高く投げ上げつつ口ずさんだ数え唄は次第によみがえって来てなつかしく、読者の方にはお邪魔とは知りつつも、思い出すまま、昭和初年の名残としてここに書き留めさせて頂くことにする。

何しろ子供のこと、人からの口うつしなので意味不明が多く、唄いつつ首をかしげるのもしばしば。またメロディー（〽）のついているものもないものもあり、そのところよろしくご判読賜りたく。

よく口にしたのは、

一、「〽いちばん始めは一の宮、二で日光東照宮、三で讃岐《さぬき》のこんぴらさん、四で信濃《しなの》の善光寺、五つ出雲《いずも》の大社《おおやしろ》、六つ村村鎮守さま、七つ成田の不動さん、八つ八幡《やわた》の八幡宮《はちまんぐう》、九つ弘法《こうぼう》大師さま、十でところの氏神さま

〽これほど信心したならば、浪子《なみこ》の病気もなおるでしょう、ごうごうごうと出る汽車は、浪子と武男《たけお》の別れ汽車、二度と会えない汽車の窓、啼《な》いて血を吐くほととぎすたまたま一かん、貸しました」

で終わりなのだが、何のことはない徳冨蘆花《とくとみろか》の「不如帰《ほととぎす》」を数え唄にくっつけたものだが、むろん当時は何もしらず、息を切らして懸命に唄っていたもの。

次には二、「一で一の谷、二で庭桜、三で下がり藤、四で獅子牡丹《ししぼたん》、五つ伊山《いやま》の千本桜、六つ紫色よく染めて、七つ南天パラリと開く、八つ山吹九つ小梅、十で徳川葵《あおい》のご紋、十一じゅくじゅく柿《かき》の種、十二にっこり笑い顔、十三珊瑚《さんご》の綾錦《あやにしき》、十四仕事に励めれば、十五五徳《ごとく》に鉄瓶のせて、十六六六首を抜く、十七質屋は金持ちじゃ、十八花嫁つのかくし、十九熊《くま》は毛が黒い、二十錦は美しい」

これなど前半はほとんど植物で、後半は市井《しせい》の暮らしなどもとり入れている。いったい誰が作ったものやら、それにしても十七質屋は金持ちじゃ、などと大声で唄って

いたのかと思うと何だかおかしい。

数え唄はお手玉だけでなく、ゴムまりをついたり股《また》くぐりをさせたりにも唄われたが、よく意味がとれないものを次にふたつ。
三、「いちれつらんぱん（談判の誤りか）破裂して、日露の戦争《せんそ》となりにけり、さっさと逃げるはロシアの兵、死んでも尽すは日本の兵、五万人の首を取り、六人残して皆殺し、七月十日の戦いに、ハルビンまでも攻めよせて、クロパトキンの首を取り、東郷大将万々歳、十一浪子の墓参り、十二の果てまで万々歳」
四、「西条山は霧深し、（このあと私が忘れていて、次に）、橋のらんかん腰をかけ、はるか向こうを眺むれば、十七、八の姐《ねえ》さんが、花や線香を手に持って、姐さんどこゆく問うたれば、私は九州鹿児島の、西郷隆盛《たかもり》むすめです、明治十年戦いに、うたれて死んだ父上の、お墓参りに参ります、お墓の前で手を合わせ、なむあみだぶつと目に涙」で終わっているのだが、この〈四〉だけは数を追ってはいない。
思うに、昭和初年はまだラジオも普及しておらず、人々は世間の話題をこんなふうに七五調にして、口うつしに伝えていったものだろうか。

私など、小学校の低学年ごろには、夜店や神社の祭りなどがとても楽しみで、銅貨を握っては駆けつけていったものだった。

とくに、夏祭りには「のぞき芝居」が幕を張り、一銭か二銭払うと、まるいのぞき窓の前に立たせてくれる。

中はカンテラの灯《あか》りに浮かび上がった色刷りの絵で、子供の人数が揃《そろ》うと、向こう鉢巻き、肌脱ぎのおじさんが、拍子木や、割竹で調子をとりながら、しゃがれた声で、

「えー、ご存知八百屋お七のはじまり、はじまりーっ。

〽十四といえばよいものを、十五というたばっかりに、八百屋お七は火あぶりに」

などとドラマティックにもり上げてくれるのである。

要するに、灯りに照らし出された紙芝居なのだが、こうして子供たちは小説や歌舞《かぶ》伎《き》の名作などおぼえていったのだと思う。

数え唄はお手玉の伴奏だけでなく、太鼓三味線を伴奏にしたものもあり、ざんねんながら次の唄を私は半分しかおぼえていないが、ともかく掲げさせて頂く。文中チツ、とあるのは三味線の間《あい》の手のこと。曲はおめでたい「松づくし」。

一本目には池の松
チツ二本目には庭の松
三本目には下がり松

チツ四本目には志賀の松
　五本目には五葉の松
（以下忘失）

正月の禁忌あれこれ

毎年暮れになると、正月の古いしきたりを書いて欲しいという依頼が必ず舞い込む。

子供のころは、この決まりごとがうっとうしくて大嫌いだったけれど、いま、あまりに自由な正月を過ごしていると、ふしぎなもので、窮屈だったそのしきたりが妙になつかしいのである。

しきたりは家々によって違うらしいが、私の家は花街のなかにあったし、近所隣が年のはじめらしくあらたまった風景のなかでは、やはりそれらしく振舞ったというところだろうか。

まず、師走《しわす》に入ると、各家々に注文取りがまわって来て、正月用の名刺の印刷からはじまる。

大人は普通のものだが、女物子供物は絵入りで、梅や竹、おたふく面や鶴亀《つるかめ》など目出たいものが刷ってあり、これは回礼用。

子供の側でいえば、このころから正月用晴着を新調したり、ゆきたけを伸ばしたり。そして町の賑《にぎ》やかな通りには女の子の頭につけるリボンの市が立つ。もちろん羽子板も。

そして家の大掃除や門松も、二十八日までに終わっていなければならない。

門松の大きさはその家の威勢を示すもので、法被《はっぴ》を着た若い衆が、青々とした大きな孟宗竹《もうそうちく》をかついで町中を走りまわるのも、なかなかにいいもの。

そのあと、いよいよおせちの準備にかかると、女たちはめっぽう忙しくなる。

黒豆は、火鉢の埋《うず》み火の上に鍋《なべ》をかけ、その上からすっぽりとふきんをかぶせて一晩おけば、ふっくらとふくよかな、つやのよい黒豆が炊《た》き上がる。

ぞう煮のダシは、この日のために釣って来たはぜを干したもの。秋の旬《しゅん》には浦戸湾に舟を出し、子供の私までがはぜ釣りにいそしむが、このはぜは潮水と真水のまざりあう場所のものがいちばんよろしく、その上、川底の青のりをついばんで育っているから香りがよいのである。

さて当日、初日を拝むために全員五時には起き、若水《わかみず》で顔を洗う。昨日と同じ水道の水でも一月一日は若水で、ありがたく拝みつつ。

そのあと、家族全員門口に並んで柏手《かしわで》を打ち、今年一年の無事息災を祈ってのち、座敷の膳《ぜん》につく。そして家長の音頭でお目出度《めでと》うの挨拶《あいさつ》を交わす。ここまでは無言。挨拶からはしゃべってよろしい。

酒が入ってしばらく歓談。そのあとはそれぞれ回礼に出てゆく。

玄関に赤いもうせんを敷き、金屛風《びょうぶ》と三宝を飾って名刺受けをおいておくと、いちいち客と言葉を交わさなくともよいからこれは合理的な省エネだろう。

女たちは徹夜でおせちを作り、このころにはもう疲れはてて火鉢によりかかってうとうと。すると玄関の名刺受けにコトリ、と音がして客が名刺を入れた気配。

子供たちは外に出て羽根をついたりしているが、実は回礼に来た客からもらうお年玉が目あてである。

ところで、正月は何が窮屈かといえば、なになには言ってはならぬ、なになにはしてはならぬの禁忌がいっぱいで、うっかりそれを破ると、母など一年中嘆くので子供心にもそれが負担だった。

たとえば「さる」「なし」など不吉なことばの禁忌、紐《ひも》を生結《きむす》びにしてはならぬ、ヤカンの口を北向けてはならぬ、襖《ふすま》や障子のみぞは順番どおり、新しい履物をはいたまま下へおりてはならぬ、正月三日間、火を焚《た》いてはならぬ、洗濯してはならぬ、掃除してはならぬ、等々、枚挙にいとまがないくらい多いが、迷信というか、こういういい伝えを守っていた心情も笑えないものがある。

何しろ医療も福祉も世の中すべて、たよるものは自分しかないという時代だったのだから、神仏だのみも無理からぬところだろう。

いまわのきわに食べたいものは

初めての苺《いちご》ミルク

いま格差、という言葉がさかんに飛び交っているけれど、戦前はあらゆる面で格差はあるのがふつうだった。

なかでも、流通革命が定着するまで、いちばんひどかったのは食べものの地域格差ではなかったろうか。

何しろ、東京で常時食べているものが高知では無かったり、あっても干物になって姿変わり、安く売られていたりで、驚くことはまことに多かった。

お話ししたいことは山のようにあるが、まず私の大好物果物の話からいこう。

ときは昭和六、七年五月ごろのこと、父はいつものくせで、近畿《きんき》地方への商用の旅に私を連れて旅立った。

何故《なぜ》父が私を伴ったのか不思議な気がするが、このころまだ子供の旅行者というのは珍しかったし、珍しいものの見聞を子にさせてやりたいというおかしな親心もあったのかも知れない。

で、高知港から阪神通いの汽船に乗り、大阪天保山《てんぽうざん》で下りてまず訪ねたのは、飛田遊廓《ゆうかく》の某楼。どこの妓楼《ぎろう》でもそうであるように、楼主の部屋は奥にあり、その長火鉢の前で大人たちが商談をしているあいだ、私は玄関脇《わき》の椅子《いす》に腰かけてじっと待っていた。

話が終わって出て来た楼主は初老のおばさんで、私のそばへ寄って頭を撫《な》でつつ、

「お嬢ちゃん、おりこうさんやな」

といいながら、花街の習慣で、私のポケットに点袋《ぽちぶくろ》を入れてくれた。

礼をいってまた汽車に乗り、次なる目的地の大津市へ。

この町の駅前旅館は湖のよく見える位置にあり、一まずその二階に通されて昼食となる。

膳の上の料理はおぼえていないが、子供の私の目を引きつけたのはデザートの苺ミルクだった。

信じられないかも知れないが、この時点で私は苺は絵でこそ見たことはあったものの、実物はおろかミルクをかけたものも初めてだったのである。

そしてつぶした苺とミルクを混ぜて口に入れると、その美味しいこと美味しいこと。

夢中で食べている私を見て、父は自分の皿を私の膳にのせてくれ、そして疲れたのかまもなくながながと畳の上に寝てしまった。

ときは輝く五月、目の前に紺碧《こんぺき》の琵琶湖《びわこ》、そして生まれて初めて口にした苺ミルクの甘さ、六歳の私はこの赤い美しいとろけるような苺をもっともっと食べたいと思った。

洋服のポケットには、さきほどもらった点袋がある。取り出して開けてみると何と大金の五円札。これだけあればあの苺ミルクがまだまだどっさり買えるだろう、と考えた私は、昼寝の父を起こさぬようそっと下り、玄関に並べてあった旅館の下駄《げた》を突っかけて通りへ出た。

幸い、しばらく歩くと果物屋があり、ボール箱に葉ものを敷いた苺が美しく整列している。

私は大喜びで店に飛び込み、苺を指さして五円札を差し出したところ、ここからが大騒ぎになった。

いたいけな女の子が、このせつ大人の一カ月分の給料ほどの五円札を出して苺を買いに来た、と人だかりがしはじめたが、私のはいていた旅館の下駄に焼判があったところから、すぐ素性が知れてしまった。

私はこの事を、さして大きな出来ごととは感じなかったが、あとになって考えてみると、昭和六、七年ごろまで苺ミルクを知らなかったのは、私の家はよほど食文化が低かったと思わざるを得ない。

これは私の異常なほどの果物好きに由来するのかもしれないが、バナナの場合もそうだった。

こちらは昭和三十四年のころ。用があって九州へでかけ、帰路は別府航路を選んで四国へ帰ろうとしたところ、台風の襲来でこの地方一帯すごい荒模様となった。

別府港の桟橋から見ると、船は大きく上下しており、乗船はとても危険な状態。しかし事務所に聞くと定刻どおり出航するという。

待合室では、船は転覆するかもしれないから国鉄に切り替えたら、とすすめる人も多かったが、私の場合、もうギリギリの旅程だった。

そのとき考えたのは、船の事故で死ぬとしたら、いまわのきわに何か好きなものを食べておこうと思った。

売店で見ると、戦後輸入がはじまったバナナがとても高い値がついて並んでいる。私は有り金残らずはたいてバナナを買い、それを持って揺れるタラップを登っていったのである。

船底に客はまばらで、その中でふだんは買えぬバナナを一人で食べたときの満足感。とんだお笑い話ではあるが、そのころまだバナナは貴重品だったたし、戦後は贅沢《ぜいたく》品だとされた果物に、それだけの執着があったわけという話。

そうめんの夢

そうめんの話は、あちこちにもうイヤになるほど書いたが、ときは夏、まずここから始めなければ筆は一歩も前に進まぬと来ている。

そうめんは姿かたちも、のどごしのよさも、いまだに昔ながらのものだが、食べかたや製法についてはかなりいまふうになって来ているらしい。

ただし私はガンコな保守派で、つけめんなんてとんでもない、茹《ゆ》でた三年そうめんを、昆布とカツブシのダシ汁のなかに泳がせ、上にちょっぴり柚子《ゆず》をすりおろすだけの食べかた。これを毎年五月から九月まで皆勤賞をもらえるほど、もう五十年以上毎昼食べつづけている。

昔の、冷蔵庫のなかった私の親の時代は、冷やしそうめんを食べるのはうち中総出、というくらい手を食ったもので、その騒動は、そうめん好きの私にはとても嬉《うれ》しかったことを覚えている。

何しろ大家族だったし、ダシ汁ひとつ作るのも朝から皆でカツブシを掻《か》き、昆布を大鍋で煮沸し、しばらくさましたものを一升びんに小分けする。そのあとびんの首をかたく綱でくくり、井戸の側《そば》から水の中におろして冷やすのである。

夕方、冷たいそうめんを食べようとすれば、まず昼ごろから井戸に吊《つ》るしておかねばならず、五本も六本も井戸にぶらさがっている一升びんの景色は壮観だった。

そうめんは茹でたてがよろしく、食べ手が座についてのち、そうめんの束をほどくくらいがグッドタイミング。

茹であがったそうめんは流水でいく度もいく度も洗い、ガラス皿に盛り分けた上から、井戸から引き上げた一升びんのダシ汁をとくとく、とかけるのである。

そしてその上から、銅《あか》のおろしで擦った柚子の皮の緑を美しく散らし、盆にのせてさし出せばこれはもう唾《つば》が口中から湧《わ》いてくる。

ただし、同じ下町育ちの私の亭主は、そうめんに柚子をかけるのは邪道だといい、そうめんは絶対おろしショウガのみといい張ってゆずらない。

私たちはこの件でくり返し口論し、互いに自分の主張どおりの食べかたをしてきたが、あるとき、といってもう二た昔も前のこと、大阪空港の古い建物の中を歩いていて、並んでいるレストランの一軒の献立のサンプルに、そうめんに青柚子をかけて売っているのを見つけたのだった。

このときの私の喜び。ショウガなんて冗談じゃない、ゼッタイユズ、ユズ、と私が通《つう》ぶってふれまわったことはいうまでもない。

ところで、そうめんと同じ仲間にひやむぎというしろものがある。

そうめんより少々筋が太くてコシが強いが、これを私がはじめて食べたのは小一の夏、大阪難波の食堂でだった。

例によって父親に連れられて旅をしたときのことで、見ればガラス鉢の中には緑と赤の二筋のそうめんが混じっている。食べてみるとこれがそうめんと比肩《ひけん》するほどにおいしい。

私は子供心にこの味が忘れられず、高知へ帰ってのち、母にねだりつづけた。ひやむぎという名は知らず、赤と緑の筋が混じった、少し大きめのそうめん、というわがまま娘の注文を受けて家の者たちは高知の町をさがしまわり、そしてやっと見つけて来たのは束になった乾麵《かんめん》だった。

いまは全国どこでもひやむぎは買えるだろうが、当時はまだ一般的でなく、大方の人は大阪で食べたという私の話を珍しそうに聞いてくれたのを思い出す。

ところで、そうめんは五十年以上食べつづけたと書いたが、空白の期間が三、四年ほどある。満州の難民収容所の前後だが、餓死一歩手前で、毎夜の夢に必ずそうめんを見たものだった。

引き揚げて帰り、農業を手伝いはじめたとき、米の次に欲しかったのは小麦粉で、この収穫をどれほど待ちわびたことだったろうか。

ちょうど村には製麺所も出来たところで、さっそくカンカンに小麦粉を入れ、リヤカーに乗せて頼みに行った。

ほどなく出来上がり、蓋《ふた》をあけると赤い帯封をしたそうめんの束がぎっしり。うれしくてたまらなかった。

ただちに鍋《なべ》に湯を沸かし、束をほどいて茹でたところ、あららら、そうめんは筋が溶け、一固まりの団子になってしまったのである。これは、私の茹で過ぎか、または新しい小麦粉のせいか、ここで店で売っている「三年そうめん」の意味がよく判《わか》ったのだった。

以後はカンカンの口に幾重にも紙を張って封をし、その上に、姑《しゅうとめ》にならって「何月何日封、鶴亀《つるかめ》」と書いて、年月順に蔵の奥にしまっておき、古いものから順に食べることをおぼえた。

いまは農家の方々も、そうめんはスーパーでもよい質のものを売っているし、手軽く買って食べておられることであろう。家で三年そうめんは作らなくてもよいのである。

温突《オンドル》とじゃがいも

夏になると、何かにつけ戦時中のさまざまなことが思い出されるので、それについてまず。

一般国民に対し、食糧が配給制になったのはたしか昭和十六年あたりからで、最初のころは一人当たり米は一日二合三勺《じゃく》だった。

いま二合三勺といえば、ああ一日では食べ切れないと思うひとも多いと思うが、いまはあれこれと副菜を添えて食べるからのこと、このころは肉屋魚屋八百屋の品々もこの中に含まれて換算されたから、食べざかりの子供を抱えた家など、最初から不足は判っていたことだった。

学校の弁当の時間、蓋《ふた》を取るとさいの目に切った里芋やさつまいも、南瓜《カボチャ》や干大根ばかりが詰まっていて、米粒はチラホラ、という人が大部分だった。

それでも誰も不平をいわず、運動の時間や勤労奉仕を、空《す》きっ腹をかかえてさぼりもせず、黙々とこなしていたから、いま思えばふしぎな気がする。

学校を卒業し、結婚と出産したての私が夫とともに満州に渡ったのは昭和二十年の三月末のこと。

終戦を間近に控え、食糧事情もいよいよ底をついて、一人二合三勺は二合一勺になり、そして二合となり、米の代わりに南瓜の代替配給となり、その上欠配もあり、こんな有様《ありさま》ではそのころの主婦はどうやって食卓を用意していたのだろうか。

私どもは、在満学校組合の招聘《しょうへい》で、現地に開拓団員の子弟のための学校設営をすることになったのだったが、その条件として示されたのは、俸給が内地の倍、食糧配給は米一日四合、とあったのにはびっくりした。

そう聞いて関係者一同、手を叩《たた》いて喜んだかといえばさにあらず、俸給の倍額も食糧の四合にも誰もほとんど関心を示さず、私とてさして嬉しいとも感じなかったことを思い出す。

これは戦時中ではあり、一億総決戦のさなかにあって、金やものに執着するのは非国民、という気概を誰しも抱いていたためかと考える。

渡満の目的のひとつに、日本人として大陸に骨を埋《うず》める、というのもあり、開拓団員も、その子弟を預かる教師たちも、そういう覚悟の前には俸給の高も配給米の量もさして問題ではなかったということだったろうか。

そして私どもは、途中たびたび敵に狙《ねら》われながら下関から関釜《かんぷ》連絡船で釜山《ふざん》へ渡り、朝鮮半島を北上して吉林省飲馬河《きつりんしょうインバホウ》に到着、ここで生活が始まった。

太陽が地平線から出て地平線に沈む広大な平野、そのなかに点在する中国人の民家、私どもの住居も、泥のレンガを積み重ねた土の家だった。

まん中の通路を挟んで左側が校長の家族五人、右側が私ども三人、という構造で、通路には温突《オンドル》の焚《た》き口がある。

ここに平鍋をかけ、薪《まき》を燃やすと炎は居室の床にひきこまれ、暖房となるのだが、風の吹く日などよくいぶり、そのため目をいためている中国人や牛馬は実に多かった。

さてここで始まる三度の食事は、というと、米四合などどこの国の話やら、朝ひる晩、朝ひる晩、全部じゃがいもなのである。

中国語が判らない校長夫人と私との用を足してくれるのは、日本語がすこしは判る許顕文《きよけんぶん》というかわいい少年。

到着した夜、かごに入れたじゃがいもを運んで来て、

「これおいしい。ここで煮る」

と温突を指さして教えてくれた。

が、いわれるとおりじゃがいもを洗って煮、塩をつけて食べたあとも、また届けてくるのはじゃがいもばかり、

「これおいしい、ここで煮る」

なのだった。

これには校長夫人も私もいらいらし、

「顕文、他にないの。お米とか白菜とか」

と催促しても、顕文の日本語は「これおいしい」と、何をたのんでも「ない」の一点ばりだった。

ここは様子も判らぬ他国の土地、顕文だけが頼りの毎日ではどうしようもなく、このあとほとんど三カ月、じゃがいもの塩ゆでばかりですごしたのだった。

考えてみれば、よくこれで体が保《も》ったものだと思うが、まあ内地にいても南瓜ばかりの配給が続くこともあったから、そう思って我慢の毎日だったのだろうか。

俸給の倍額は確かに受け取りはしたが、満州は物価も高く、結局消費する割合が同じでこれも内地と同じ。そして米四合はたしかに配給はしてもらったものの、外米で味がよくなく、そしてまもなく終戦となって、暴民に掠奪《りゃくだつ》されてしまったのである。

難民収容所の高粱粥《コーリヤンがゆ》

高粱という穀物をご存知だろうか。

畑にあるときの姿は、とうもろこしの茎よりさらに背が高く、先端には米粒が房になっているような実がついていて、熟れるとこれが茶いろを帯びてくる。

以前から大陸一帯ではひろく栽培されていたらしく、満州を歌った唄《うた》にはよくこの高粱が出てくるので、名前だけは私なども知っていたもの。

で、私どもが渡満してのとりあえずの食糧はじゃがいもばかりであったこと、前項でお話ししたが、ではそのころ、土地の農民たちは何を食べていたかというと、主として何も入れないでこねた小麦粉の餅《もち》であったらしい。

いま中華料理といえば、ごく一般的なものでもぎょうざや肉まんなどのごちそうだが、農家の人たちは大そうつつましくて、祭や正月などに、せいぜい飼っていたあひるなどをつぶすくらいだったと思う。

ではかの広大な土地いっぱい、栽培していた高粱はどうするのかといえば、脱穀も精白もせず、穫《と》り入れたものはそのまんま牛馬の飼料にあてがっていたらしい。

私が難民生活を送った地を再訪したのは、引き揚げ後五十二年目の一九九八年の秋だった。

空路大連に着き、そこから車で旧奉天（現瀋陽《しんよう》）に向かったのだが、窓から見る風景は昔とほとんど変わっていなかった。

道路わきではちょうど高粱を穫り入れており、私はそれを見て、

「やっぱり高粱を作っているんですね」

というと、案内の中国人は言下に否定し、

「いまは高粱に代わってとうもろこしを栽培しています。何しろ匪賊《ひぞく》もいなくなりましたから」

というのは、ちょうど屛風《びょうぶ》を張りめぐらしたような高粱畑は、匪賊など強盗集団のかくれ場所として絶好の条件だったというが、いまは中国も犯罪の取り締まりがきびしいので、高粱は根こそぎ取り払ってしまったのだという。

そういえば、終戦間近で農村までも治安が悪くなって来たころ、私が子供の病気で駅前の診療所へ通わねばならぬことがあった。

診療所までは途中、高粱畑を抜けてゆかねばならず、私はその都度、子供をしっかり

とおぶい、手さげ袋へはよく切れるカミソリをしのばせて全速力で駆けぬけていった。もし匪賊に襲われたら、このカミソリでまず子供を殺し、そのあと自分ものどをかき切って死のう、と悲壮な決意をして通ったことを思い出す。

その後、別の暴民の群に襲われ、学校関係者は皆身ひとつで隣の炭坑の倉庫に逃げ込んだが、ここがこの日からほぼ一年、われわれ難民の収容所となったのである。

まもなく難民には食糧の配給がはじまったが、配られたものは何と、牛馬の飼料にすると聞いていたあの赤い高粱の粥だった。

それもろくに脱穀していない鬼皮のついたままの実を水で薄めてのばしてあるため、ほとんどがただの汁のようなもの。

その上、配給の方法にも不公平があって、学校関係者十二名はまとめて一つの鍋に入れて配られる。

定量はひしゃく一杯が三人分とされ、それを校長夫人がお玉でもって小さな茶碗《ちゃわん》に分け、一人一人に手渡すというしくみ。

鍋のまわりの人間は必死のまなざしでそれをみつめているが、配られた粥は一瞬にしておのおのの腹に納まってしまう。

そしてそのあと、皆の未練のかたまり、というのは鍋に残った少量の粥。誰もそれを舐《な》めるどころか、粒がこびりついた鍋までもかじりたいと拳《こぶし》を握りしめている前で、ゆうゆうと鍋の残りをかっさらい、二杯目を食べるのは校長先生ただ一人。

しかし先生方、誰もそれについて異議はさしはさまなかった。

これを、飢餓のなかの礼節というか、或《ある》いは秩序の美というか、しかし心のうちでは校長のその傍若無人ぶりを、誰も深く憎んではいなかったかと思う。

かくいう私も、あの米粒ほどの高粱の実を、一度でいい、せめて小さなおにぎりくらいはほおばってみたいと思いつづけたものだった。

それが、牛馬の餌《えさ》であろうとなかろうと、食べられるものなら道の辺の草まで食べた難民にとっては、極上の穀物と見えたのである。

そのあと、引き揚げてのち、私は同じ種類と思える高《たか》きびを入れた餅にいく度か出合った。

よく精白してあり、色も白っぽくてふっくらとしているが、口に入れると少し甘くて香ばしく、そして十分に粘りがある。満州のあの鬼高粱も、このように手をかければ他の粟《あわ》や稗《ひえ》と同じく、おいしく食べられたのではなかったろうか。

付記すると、収容所で配給の高粱粥ばかり食べていた人は圧倒的に栄養失調症だった。

夜売りの魚

昭和の一ケタ時代、町にあふれていたもの売りを思い出してみようと思う。あのころはサラリーマンというのはごく少なく、暮らしの手立てとしては、元手いらずで手軽に出来る小商売が実に多かった。

私が気に入っていたのは飴湯売りのおじさん。何故《なぜ》好きだったかといえば、おじさんとてもきれい好きで、見た目もいかにも気持よかったから。

小さな屋台はいつも磨かれていて、その上にのせてある銅の釜《かま》もピカピカに光っていたし、自分も医者などの着る白衣をまとい、洗い立ての地下足袋も清潔だった。

家は「東のほう」というだけで何町か何村かは知らないが、毎日昼さがりになるとチリンチリンと手鈴を鳴らしながらやってくる。

客がくると、ガラス箱の中からコップを取り出し、銅の釜を開けて小さな柄杓《ひしやく》に一杯、とろりとしたあつあつの飴湯を入れてくれるのである。

その上、望むとあれば、つる首の瓶に入れた生姜《しょうが》の絞り汁をぴょんぴょんと振りかけてくれるのだが、これがまた体のあたたまる妙薬で、風邪だからとでもいえば、ぴょんぴょんをおまけにサービスもしてくれる。

これがコップ一杯一銭なので、おじさん一日売り歩いてもいくらにもなるまいが、これで暮らしてゆけただろうか、無口だったおじさんの飴湯をもう一度飲みたいな、と思ったりする。

元手いらずといえば、早朝、川にはいって取るしじみ売りや、田圃《たんぼ》でつかまえるたにし売りもそうだが、もうひとつ椎売りもある。

これは流すのではなく、夜になると芝居小屋の入口に箱を並べてカンテラを灯《とも》し、腰をかけて客を待つのである。

昼間、風が吹いた日など、近くの山へ行き、落ちた椎の実を拾って来て、気長くほうろくで炒《い》る。とろ火で長く炒っていると、椎の実はたてに割れ目ができ、剝《む》きやすくなる。

これを飯櫃《めしびつ》の中に入れ、きっちりと蓋《ふた》をして保温の心づかいをするのだが、お櫃の中にはどの椎売りも必ず赤い毛布《けっと》を敷いてある。

そしてこれも共通しているが、看板代わりの紙には、

大《おお》しいの空《から》なし

と書いてあり、この紙が夜風にひらひらしていた光景などいまでも目に浮かんでくる。

一銭で買った客は、芝居を見つつ一粒ずつ剥いて食べるのだが、正直いっておいしくも何ともない。要するに、口さびしさをまぎらわせるためでもあったろうか。

それにしても、いま椎の実を食べる人なんか、全く見かけなくなってしまった。貧しい時代だったから、食べられるものはすべて活用していたということだったかもしれない。

夕方になると、海に近い土佐の町では夜売《よう》りというのがやってくる。

漁に出た舟が戻ってくるのを見計らって魚を仕入れ、売りにやってくるのだが、このなかにおジエさんというおばさんがいた。

魚売りは大てい自転車を使うが、おジエさんは終始天秤《てんびん》をかついで小走りに駆け歩いてくる。

シッシッ、ホッホッと推定四キロはあろうかという道を徒歩で運んでくるおジエさんの魚籠《びく》からはぽたぽたとしずくが落ち、中では魚がはねているのが聞こえてくるほど新しい。

おジエさんというのは本名らしいが、このひと熱心な仏教信者で、いつもナンマンダブを唱え、客をつかまえては説教をせずにはすまなかった。

あるとき、客のひとりが、

「あんたそれほど信心しよるのに、魚売りやなんて殺生《せっしょう》したらバチが当たるやないか」

というと、おジエさん猛然と反撃し、

「これは仏さまが私に暮らしの糧《かて》を与えて下さりよるためじゃ。そんで、皆々さんおジエの魚を食べよったら病気もせん、お銭《ぜに》もできる。さあ買いなされ買いなされ」

ということになるのである。

子供の私は、口角泡をとばして仏の説教をするおジエさんの唇の両わきが白くただれているのが気になってならず、母にいうと、

「説教のしすぎじゃないかねえ」

くらいで気にもとめなかった。

このおジエさんの姿を夕方に見かけなくなったのはいつごろからだったろうか。たぶん戦争が始まって、物資は主に軍へ流れはじめたころではないかと思われるが、

ひょっとすると、唇が白くただれていたことから推して何か胃腸の病気を持っていて、それが悪化したのではないかと思ったりする。

このひとも、どんな家族があったか、暮らしぶりはどうだったか、一切知らないけれど、夜売りがなくなったいま、とれとれの魚の味がなつかしいのである。

楊梅《やまもも》も、キビ団子も

もの売りというのは、庶民がもっとも手軽に稼ぐ方法だが、世が進むにつれて金の稼ぎかたも組織化され、町を流して歩くもの売りというのはめったに見られなくなった。

娯楽の少ない時代にはもの売りの姿がとてもたのしい見世物のひとつで、子供たちは買っても買わなくても、そのあとをいつまでも追いかけて行ったものだった。

朝鮮飴のおじいさんもその一人で、何と呼ぶのか韓国の男性の正装をきちんと身につけ、つばの広い帽子に布の靴、という、当時の子供たちにとっては珍しいなりをして、らっぱを吹きながら往来を流して歩く。

子供たちはそれっとばかり飛び出してゆくが、一銭銅貨をさし出しても飴は買えないのである。

おじいさんの飴は鉄屑《てつくず》との交換であって、古釘《ふるくぎ》など金目のものを持ってゆけば、肩からかけているブリキの缶の蓋を開け、白い棒状の飴を、まぶしてある粉を缶のへりでこんこんと叩《たた》きながら手渡してくれる。

つまり鉄屑を集めるための飴売りであって、ここでは五厘銭も一銭銅貨も役には立たないのである。

男の子たちは飴欲しさに目を皿のようにして往来を捜し、一握りの古釘や、鍋《なべ》ややかんのこわれたかけらなど持っていくのだが、この飴はなかなかにおいしいらしい。

ただしこれは男の子の仕事。

女の子が釘を拾うのはいささか恥ずかしく、白い飴の棒をくわえて喜ぶ男の子を羨《うらや》ましく眺めるばかり。

また金は金でも、アルミのような軽いものはおじいさん嫌いらしく、アルミのやかんを持っていって断られたという話も聞いた。

そういえばあのおじいさん、毎日どこから来てどこへ帰っていったのだろうか。

長い白いひげが美しく、風になびかせながらゆったりとらっぱを吹いて流していた姿が瞼《まぶた》の底に残っている。

地域性をいえば、「やまもも売り」などは高知県だけのものではないだろうか。

楊梅の木は潮風の吹き通す土佐の山間部に生えているもので、その果実を珍重するのも土佐だけの風習かもしれないのである。

東京の六本木公園にはこの楊梅の大木があり、季節になると、誰ももいでゆかないため、熟れておいしそうにふくらんだ楊梅の実がたくさんたくさん、地面に落ちてつぶれているのを、この近くに仕事場を持っていた私はよく見かけたものだった。

楊梅の実は、入梅の少しまえ、ほんの一週間ほどのあいだだけが食べごろで、しかも日持ちがしないのですぐいたんでしまう。

梅雨ぞらになると、「今日辺り十市《とおち》（地名）の楊梅売りが来はすまいかねえ」と下町のひとたちはそわそわしはじめる。

案の定、今朝摘みの楊梅を二つのかごにのせ、地下足袋のおばさんが天秤棒をかついで、

「えー、楊梅はえー」

と自慢の声をはりあげながらあらわれる。

弾《はじ》けかえるほど熟れた楊梅は乱暴に扱ってはいけない。そろそろと指でかきよせ、貝皿へ盛るとこれが一枚一銭。

口に入れると独特の香りと甘みが拡《ひろ》がって、「ああありがたや。今年も初物を口にすることが出来た」という気分になるからふしぎである。

一銭の楊梅は早めに食べ切らないと、夕方にはもう饐《す》えた匂《にお》いが立ちはじめるから油断がならない。

私は小説『櫂《かい》』を書くとき、冒頭にまずこの楊梅売りの風景を描いた。当時は土佐を離れて上京したばかり、故郷恋しさに浮かんでくるのはこの楊梅売りのあの呼び声だった。土佐の潮風の匂いを思い出しながら書いたものだったが、いまからこれは四十いく年も前の話。

他にもさまざまもの売りの姿は浮かんでくるが、私がいつも心待ちにしていたのは、キビ団子やと、やきもち売り、それにパンやさん。

キビ団子やは立派な屋台を持っていて、兄弟二人、桃太郎の絵のついたお揃《そろ》いの法《はっ》被《ぴ》を着ており、かけあいで面白い唄《うた》をうたいながら杵《きね》できび餅《もち》をついてくれるのである。

ハッ、ホッ、ハッ、ホッと気合あわせてつき上がった餅は指先で千切り、黄粉《きなこ》をまぶして手渡してくれるのだが、そのおいしいこと。

パンやは「玄米パンのほやほや」と大声で鳴り渡りながらパンの箱を積んだ自転車を漕《こ》いでやってくる。

蒸した玄米パンは大好きだけれど、パンの箱に敷いてあるふきんはいつも真っ黒に汚れていて、子供でも少しばかり躊躇《ちゅうちょ》する。

やきもちは薄皮で包んだ餅を鉄板で焼いてくれるのだが、これもあんこたっぷりでうれしい。

もの売りが運んでくれる昔の食べもの、なつかしい思いがいっぱい。

帰り道の飴玉

前に、もの売りについて書かせて頂いたが、あれは町の流しからものを買う側の話。ここでは同じ流しでもその反対の、ものを売る側の話を聞いて頂きたい。

といっても、大きく構えた商いではなく、実はなに、農家の人間が自分で作った野菜類を車に積んで町並みを流しにゆくだけのもの。

私が引き揚げて来て農家の嫁となったのは昭和二十一年九月のこと。姑《しゅうとめ》は頑丈な体を持ち、まわりから「朝星夜星の○○さん」といわれるほどの働き者で、なかでも売りものの大好きな人だった。

売りものは前日から用意をしなければならず、先《ま》ず野菜畑に出て目あてのものを取り込んでおかねばならぬ。が、大根人参《にんじん》ごぼうのような根菜類は重くて運ぶのは骨だから避け、なるべく軽い葉ものを選んで引きぬき、一把《いちわ》ずつ藁《わら》で束にする。

土つきの野菜は、掘りたて抜きたての感じがあって一見価値あるかに見えるが、やはり見てくれがよくない。そこで用水のそばまで運んで行ってざぶざぶと洗い、土を落として緑いろの葉をよみがえらせる。

これをリヤカーに並べるのだが、一把なら軽いほうれんそうでも、水を含んだ葉を一把ずつ積み上げてゆくと結構重くて、荷拵《にごしら》えしているうちに不安になってくる。で、ほうれんそうを山積みにしたリヤカーを庭に据え、上からむしろをかければ、これで明日の売りものの荷は出来上がり。

そして翌朝。時計が五時を打ってからの出発ではいささか出遅れ。東の空がほんのり白むのを見届けると、リヤカーの力綱を肩にかけ、足で地を蹴《け》って門を出る。

目ざす町は六キロ先のI町か四キロ先のT町だが、両方とも途中には長い急な坂がある。実はこの坂が売りものに行く人たちの最大の泣きどころで私もどれだけ難儀したことだったか。

しかし実をいえば、女が売りものに行くには、この坂を後押ししてくれる助っ人が必ずついていて、私もいつも夫が押し上げてくれたものだった。

この長い坂を越せばまもなく町へ入り、さあこれからが商売、商売と自分にいい聞かせる。

売りものに馴《な》れた人は、お馴染《なじ》みの家のある路次を辿《たど》り、

「青ものはえー」

とか、

「今朝取りのほうれんそうはえー」

とか、思い思いの呼び声を上げて流してゆく。

この道何十年の姑などは、かくべつ呼ばないでも、頃合《ころあ》いを見計らって勝手口から客が出て来てくれ、

「古漬けのつけものはないかね」

「吊《つ》るし柿《がき》はまだ？」

「そろそろ山芋も掘れるころじゃね」

などと、リヤカーのなかをのぞき込みながら注文したり、催促したりする。

町の暮らしと農家の日々は、こんなところでつながっていて、どこそこのおばさんちの柿は甘柿よりも、渋が抜けた干し柿のほうがおいしいとか、干し芋も茹《ゆ》でて飴《あめ》いろになったのを持って来てちょうだい、と、まるで人の家の畑をのぞいているようなあんばいで、笑ってしまう。

ところで、新米の私などは、いくら力んでもこの呼び声は出ず、結局、無言で重いリヤカーをひっぱりまわしてのち、根負けして荷は全部、八百屋におろしてしまうの

である。

となると、たとえば一把五円の葉っぱでも、百把まとまればおろしで三百円くらいになり、儲《もう》けの高が全然ちがってくる。

私は姑によく、

「商売は牛のよだれ。こまめに気長く廻りなされ」

とさとされたが、やっぱり小売は下手だった。

農家の嫁というのはふつう家長から小遣いをもらえないので、この売りものの上がりをわけてもらえると聞く。

その小銭を集めて、若嫁は欲しい化粧水やクリームを買うのだそうな。

私の場合は、上がりはまるまる自分のものとなるが、買いたいものはいつも飴玉だった。

甘いものの大好きな私だが、このころ菓子類はまだとても高価でなかなか買えず、それが売りものの帰りはキャラメルなどポケットに入れて足どりも軽いのである。

いまでも思い出すのは、ごっそりとおろしで売って、空っぽになったリヤカーをひきながらの帰りみち。

両頬《りょうほお》を飴玉でふくらませ、ひばりの歌など鼻うたでうたいながらの辿る道は、そのころの私の至福の時間だった。

とすると私も姑に似て、実は売りものが好きな嫁なのかな。

「できた嫁さん」だった訳

砂糖を売りに行った話をしよう。

私の村に製糖組合が出来たのはいつごろだったろうか。

たぶん砂糖の統制と関係があるだろうが、私にはそのころ何も判《わか》らなかった。判っていることは、猫の額ほどのうちの畑に甘蔗《かんしょ》の苗を植えることになり、雨の日、蓑《みの》と笠《かさ》を着て作業したことを思い出す。

甘蔗の作付けは村いちめんに拡がっており、かたわら、村の空地には砂糖焚《だ》きのバラック小屋の建設が少しずつ捗《はかど》ってゆく。

やがて甘蔗は人の背丈を越すほどに伸び、収穫の時期を迎えた。

収穫は屈強の男が唐鍬《とうぐわ》を振りかざして根から扱《こ》ぐと、苗のときは一本だった甘蔗は十本ほどに脇芽《わきめ》が出ていて、一株はすごい重量になっている。

これを一本ずつにバラし、鉄製の皮はぎ器で逆さにこすり落とすと、節々についていたハカマが切り払われ、甘い汁をたっぷり含んだ甘蔗の棒があらわれてくる。

この収穫時の作業は、ちょうど田植えどきの「ゆい」に似ていて、今日うちを手伝ってもらえば、明日はその家へ手伝いにゆかねばならぬのが暗黙のうちの約束らしい。というのも、田植えが短期決戦で終わらせなければならないように、砂糖焚きも収穫と焚き上げには時期があり、それを見ていちどきにわっと人手を投入しなければならないらしかった。

そして初冬のころ、いよいよ平釜《ひらがま》に火を入れ、地物砂糖の焚きかたが始まるのである。

焚きの技術工は、村のなかでも器用な男性が二、三人、かねてから県内の砂糖焚きの先進地域に教えを受けに行っており、この人たちを先達に皆寄ってたかって手を貸しつつひとりずつ工程を踏んでゆく。

順番はくじで決めてあり、自分の家の番になると、小屋に運び込んで来た我が甘蔗を一本ずつ絞り器にさし込み、その汁は下の釜で受け、それを煮つめると黒い地砂糖が出来上がるしくみ。

焚きかたが始まると、村中それはそれは甘い匂いに満ち、家にひとりいても舌なめずりをしたくなるほど。

ばかりでなく、砂糖小屋の前を二、三度往復するともう作業服も履物も甘さでねとねと、ぱりぱりし、簡単な水洗いくらいではとれなくなってしまう。

さて、我が家の砂糖焚きはどうかというと、夫は釜の縁《へり》をのぞきこんで休みなくかきまわし、姑は甘蔗を絞り器にさし込むのに一心不乱、嫁はその二人やご同衆の人々に三食分の弁当を作って運ぶ役割、というあんばい。

そして煮つめた砂糖は農協を通じて一部お上に納め、あとは自家用に使ってよいという決まりだが、この時期になると砂糖ブローカーが暗躍する。

というのは、地味も肥培《ひばい》管理もよく、上手に育てた甘蔗は、レンガ様の型に入れればきれいに固まり、しかも舌の上にのせるとしゃりしゃりというしゃり感がある。

これが地砂糖の一級品で、ブローカーはこれを高値で買いつけるのだが、それに較《くら》べて我が家の砂糖はあわや焦《こ》げつくほどに焚いても一向に固まらず、仕方なし壺《つぼ》に入れて家に持ち帰った次第だった。

しかし、いくら甘いもの払底でも、壺いっぱいの砂糖を自家用にするとはこの節、とてもぜいたくな話。そこで嫁は売りもの好きな姑の向こうを張って、

「あたし売りにいってみます。きっといい値で売れるわ」

などといって、大きな弁当箱に砂糖を詰め、バスに乗って高知の町へと出かけたの

である。

嫁の目ざすは一路、実家が細々やっているうどん屋の裏口で、さし出した弁当箱をあけて母はびっくり、

「まあ味噌汁《みそしる》のようなお砂糖」

といい、こんなものはいくら安くしてもどこも買やしない、仕方ないからうちで引き取ってあげる、と時価で買ってくれたのだった。

このことを私は姑には明かさず、実家へ帰れるうれしさに七、八回も砂糖を運んだだろうか。

このことは今でも母に申しわけなく思っているが、振り返って二つだけいい事があったと思っている。

一つは、固まらない砂糖ではあっても、甘いもののない時代、少々あくは強かったかもしれないが、母の家の台所をうるおしたこと。

いまひとつは、私が砂糖を売りに出たあいだ、娘の子守をしてくれていた姑に、お礼として母から得たお金でショールを買ってあげたこと。

おかげで姑は、「嫁がびろんどのショールを買うてくれました」と近所に自慢し、私はしばらくのあいだ、

「ようわきまえのできた嫁さんだこと」
とほめられた思い出。

（「毎日新聞」夕刊　二〇〇五年五月十六日〜二〇〇八年一月九日）

第二部　感動を拾い集めて

立春大吉

いまは、日本の古い歳時暦にまつわるさまざまなしきたりなど話すと、若い者には嫌われるが、さりとてこれらが年々うすれ、消え去ってゆくのはいささか名残り惜しく、せめて我が記憶のなかでなりと、と考えてときどき思い出を手繰り寄せる。

とくに子供のころ、あまりに決まりごとの多い正月は大嫌いだったのに、ふしぎなもので、結婚後、婚家では何のしきたりもないのを見て気が抜けたようになり、ぽろぽろと涙をこぼしたことなど思い出すのである。

婚家は農家だったから、元日に初日の出も拝まず、若水で手も潔《きよ》めず、姑《しゅうとめ》は鍬をかついでふだんどおり野良《のら》に出て行ってしまった。

田舎は皆、旧暦で、その日、自家製の餅《もち》くらいつきはするが、晴着を着るじゃなし、正月礼に回るじゃなし、しめ縄ひとつ飾るだけの簡素な年迎えなのだった。

町の暮しでは、正月のきまりがきびしかったぶんだけ春を待ちかね、とくに私たち子供は節分の日を楽しみにしたものだった。

大人たちは青物屋から柊《ひいらぎ》の枝を買って来て雑魚《ざこ》の頭を突きさし、それを門口に飾って一年間の魔除《まよ》けとする。

台所では洗った大豆をほうろくで気長く炒《い》り、升《ます》に入れて豆撒《まめま》きの用意。日暮れともなれば子供たちは「鬼は外、福は内」を唱えながら座敷中に豆をばら撒く、これは日本中どこでもやる習慣。

あと、座敷の豆を拾い、年の数だけ半紙に包んで近くの四つ辻《つじ》へとそれを捨てにゆく。

家内安全を祈願すると、帰りみちでは決して振返ってはならぬというきまりどおり、一目散に走って帰るのである。

この他に、土佐では古くから下町界隈《かいわい》に「かい釣り」という風習が残っており、実をいえば私など、これが最大の楽しみだった。

かい釣りのかいは、櫂《かい》なのか貝なのか知らないけれど、下町に住む若い衆がさまざまに変装し、二、三人ずつ群をなして各家を訪《おとな》い、方言で、

「かい釣っとうぜ」

と門前で高らかに呼ばわるのである。

するとどの家でも、待ってましたとばかりに、

「あい、あい、ご苦労さん」

と愛想よく応じ、用意したぜんざいを振舞ったり、まんじゅうやキャラメルを差出したりする。

変装者はそれらをもらってただ、

「おおきに、おおきに」

と頭を下げるだけなのだが、家の者のお目当てはその化けっぷり。

どこで工面するのか、セルロイドなどの軽便なかつらをかぶり、七福神やら赤鬼青鬼、チャップリンもあれば花咲じいさんもあり、またかんざしを重いばかりに挿したおいらんは肉じゅばんを厚ぼったく着たおすもうさんに手を引かれてやってくる。どのお化けも、即席の素人《しろうと》なのでかつらが歪《ゆが》んだり、合わなかったり、化粧が剝《は》げたり、それがまた笑いを誘って、かい釣りに施しをした家は一年中の厄を落すかのように明るく賑《にぎ》やかである。

かつらの下から顔をのぞき、

「あら、お前さん酒屋のゲンちゃん」

「こっちゃは荒物屋の兄ちゃんだ。桃太郎がよう似合うちょる」

などと会話を交わすのも楽しみなもので、私など、このお化けに会うために宵の口から上《あが》り框《がまち》にがんばっていて食物のサービスをするのだった。

ほんとうをいえば、自分も一度、この「かい釣っとうぜ」をしてみたかった。変装すればきれいなお姫さまにもなれるし、お菓子もどっさりもらえる、何よりも人を喜ばせるのもうれしいが、うちの男衆《おとこし》さんのなかには衣裳《いしよう》を調達できるような気の利《き》いた人はいなかったため、ひそかにひとりそう思うだけで、実現するわけもないとあきらめていたのである。

ところが、思いがけずその機会がめぐって来たのはたしか昭和十年、私が小学三年のときだったと思う。

このころ私は花街に近い海岸通りの家に住んでおり、父は芸妓《げいぎ》の就業先のあっせんをする紹介業だった。

紹介業は本来事務所であって置屋ではないので、家に芸妓はいないのだが、都合で住み替えから住み替えのつなぎのあいだ、うちで少しのあいだ預かる例もあった。

このころ私の家には、これも将来芸妓になるための仕込みっ子が五人ほどいたが、皆、私と一、二歳しか違わない年なので、賑やかな大家族だった。

ここへやって来たのが、本名春代さんを名乗る神戸の遊廓《ゆうかく》にいたひと。

年のころは二十五、六か、小柄だが美しいひとで、そしてとてもやさしかった。家の女子衆《おなごっ》さんを手伝ってまめに掃除もすれば洗濯もし、暇なときは色鉛筆を買ってきてぬり絵をし、私たちと遊んでくれた。

仕込みっ子五人ともすぐ打ちとけ、互いに遠慮ない口をきくようになったころ、私がふと、節分のかい釣りの話をしたところ、

「それ、みんなでやろうじゃない。

私が教えたげる」

という話になり、子供たちは春代さんを中心に、頭を寄せ合って計画を練ったのである。

春代さんの案としては、

「おかめひょっとこのお面をかぶっただけじゃつまらないでしょ。

誰でもやることだものね。

そうや、ここら辺りの人の知らないことしよう。タカラヅカのダンス。すみれの花咲くころよ。

私は一、二回見ただけだけど、ちゃんと覚えてる。足をパッパッとあげて踊るのよ。振付は私。これやろう。断然受けるよ」

ことになった。

といい、私たちは何も判《わか》らず、春代さんにいわれるまま、タカラヅカのマネをする

衣裳はといえば、

「何かあるでしょ」

と春代さんはいい、幸いなことに両親や男衆さん女子衆さんはいつもは階下にいるため、二階は空っぽ。

簞笥《たんす》をかきまわし、春代さんが取出して作ってくれたのは、主役の私の衣裳と、背後でラインダンスを踊る五人のスカート。

スカートは古浴衣《ゆかた》をほどいて、金銀の色紙で模様を貼《は》りつけたもの。私のは帽子箱のなかから出て来たつば広の帽子に造花を飾り、下は黒の靴下。

これらを見て、私たちが異常に興奮したのはいうまでもない。

毎日、チララッタッタ、チララッタッタ、とでたらめのダンスを踊るものだから、とうとう階下にも知られ、春代さんは父に呼びつけられた。

私たちは心配し、

「お父さんに皆で謝りにいこう」

などとひそひそ相談しあったが、耳を澄ませてみると、階下からはときどき笑い声

など洩《も》れており、ああこれなら安心、とばかりに寝てしまった。

そして翌朝、春代さんの姿は家中のどこからも消えており、誰にもそのわけを聞けないままにかい釣りの日が来てしまったのである。

折角衣裳まで作って稽古《けいこ》したものだから皆勇ましくやってみたいが、肝腎《かんじん》のリーダーがいないでは誰もその馬力が出ない。

日ごろ見馴《みな》れた隣のおばさんおじさんの前に出て、

「かい釣っとうぜ」

など、どんなことがあってもいえやしない、と今ごろになってやる気は萎《な》えてしまったのである。

それを見ていた私の母がわきから、

「そんならいっそ健太郎の家へ行って、そのお化けの装《なり》を見せて来なさいや。飴玉《あめだま》のひとつくらいはくれるかも知れん」

と助け舟を出してくれ、金銀の飾り紙を風に鳴らしながら、行くことになった。

健太郎というのは私の兄で、十八も年上なのでもうとうに結婚して子供も三人あり、すぐ近くに住んでいる。

私たちは救われたようによみがえり、兄嫁の家の門を叩《たた》いて、待望の、

「兄さん姉さん、かい釣っとうぜ」
と六人声を揃《そろ》えて高らかに呼ばわった。
兄嫁は、子供がいま寝たところだ、と機嫌がわるく、
「すぐに済ませてね」
と私たちを座敷に上げてくれたが、すぐに済ませるどころか、私たちのチラッタ
ッタはまるで堰《せき》を切ったようにあふれ、続いたのだった。
兄嫁は、おかげで隠れていた蚤《のみ》がぞろぞろ出て来てその夜は寝られなかった、と母
にいいつけたが、母は何故《なぜ》かけらけらと笑ってばかりだった。
このかい釣りの慣習は、高知でも下町周辺だけであったらしい。
後の世に伝えるべき俗謡もなく踊りもなく、ただ若い衆が変装してふざけるばかり
だったから、保存会などで保護しようもなかったろう。
だからいま、下町に長い間住む人たちに聞いても、知っている人はまず居らず、数
年前会った老嫗《ろうう》は、
「そういや、そんなこともあったかねえ」
くらいの記憶だった。
それでも春を待つ昂揚《こうよう》した気分、私は好きである。
（「オール讀物」二〇〇七年二月号）

咲いてうれしく、散ってさびしい桜

桜の宴、ですぐさま思い起されるのは、平家物語のなかの「安元《あんげん》の賀」のこと。安元二年三月四日、万朶《ばんだ》の桜の下で催された後白河法皇の五十の算の祝宴は、花も人も輝くばかりの美しさであったという。

「青海波《せいがいは》」の音楽とともに、舞台となる白砂の庭上にあらわれたのは、平重盛《しげもり》の嫡男《ちやくなん》、権亮少将維盛《ごんのすけこれもり》と右少将隆房《たかふさ》の二人。

折からのあるかなきかの花吹雪、やや傾いた金色の夕陽、それらを浴びつつ、桜かざして舞い踊る二人の上気した頰、引きしまった紅唇《こうしん》は見る者をして酔わせずにはおかず、終ったあとのどよめきは容易におさまらなかった。

この日から八百余年を経た今日でも、このくだりを読めば深いため息を吐《つ》かずにはいられないが、それというのも、この華麗な情景の底に一抹、悲しさが漂っているのを感じ取っているせいではないだろうか。

桜を好きな人は多いが、同時にまた、悲しいから嫌い、という人も少なからずあり、これは、「咲いたあとは必ず散る」という桜の定命と、ほとんどの人がみずからの運命と重ね合わせるせいなのかも知れない。

平家物語でも、安元の賀が平家栄華の絶頂期で、このあとほどなく重盛は病いで亡《な》くなり、一門皆、都落ちして、維盛も熊野《くまの》の沖で入水《じゅすい》し、果てるのである。

私自身を振返っても、我が家の桜を思い出すたび、いまだに何やらものさびしい気持になってしまう。

私が小学二年の四月、家は海岸通りへ引越したが、父の仕事の関係で、陽暉楼《ようきろう》（現得月楼）の社長が転居祝に贈ってくれたのが、山桜の大木だった。

庭が広かったのでこんな大木を選んでくれたのだと思うが、果して根付くかどうか、まわりは心配したものの、植木屋さんは自信満々で、幹に縄をぐるぐると巻きつけた桜は、まもなくその縄を取払い、天に向って枝を伸ばしはじめたのだった。

梢《こずえ》の先端は二階の屋根瓦《がわら》をはるかに越すくらいの高さだったので、これは目印になり、学校の行き帰りや、人に我が家を教えるときなど、とても便利だった。

ただ、山桜というのはまことにつつましい花で、葉のかげに隠れてひっそりと咲くので、見上げると葉ばかり、という感じになる。

それでも、低い木ばかりの我が家の庭に、桜花らんまん、というと何やら勝ち誇ったようにうち中昂揚し、皆々浮かれた気分になるのは子供心にうれしかった。

父も喜び、転居の翌年、うち同士で花見をしようといい出し、この桜の下に茣蓙《ござ》を敷いて手作りの五目ずしなど拡《ひろ》げ、梢におぼろ月がかかる刻限まで、父母と私、男衆さん女子衆さんたちで楽しんだ。

父が家族たちとこのように睦《むつ》み合うのは、私にすれば生れてはじめての経験だったので、こんな雰囲気がいつまでも我が家に定着すればいいのに、と考えたことを覚えている。

しかし、この花見の宴は残念なことにこれ一回きり、翌年、我が家は崩壊のうきめを見ることになってしまったのだった。

父と母は、以前から家の職業をめぐって摩擦が生じており、それが昂じて、花見の宴のあと、父は家にはめったに帰らなくなり、母とは別れることになってしまったのである。

母と私は生《な》さぬ仲だったが、私は母が大好きだったので、泣きながらも母についてその年の暮、家を出ることになった。

家が四散するときはまことに悲しいもので、母が葉を振るい尽した庭の桜の木を撫《な》

でながら、

「この桜が家に来てくれてから、万事うまく納まるよう、毎日お祈りしてたのやけどねえ。それも叶《かな》わずなってしまった」

と呟《つぶや》きつつ涙を拭《ぬぐ》っていた姿は、私の瞼《まぶた》に灼《や》きついている。

のちに、チェーホフの『桜の園』を読んだとき、事情こそ違え、桜にまつわる悲しい話として、この戯曲は忘れられないものとなり、心に刻印されてしまったのだった。

桜は、けんらん豪奢《ごうしゃ》に咲き誇って人に愉楽をもたらせてくれるかと思えば、散ったあとの愁《うれ》いをしみじみと嚙《か》みしめさせられる、そんな変幻自在の魅力を持つ花だといえようか。


（「婦人画報」二〇〇五年四月号）

着物あれこれ

私ごとで恐縮ですが、兄のことなど少々書かせて頂きましょうか。

このひと明治四十二年生れで、ただいま存命ならば九十五歳ともなり、私とは十八歳の年長です。

小説「櫂《かい》」には健太郎という名でちらり登場しますが、これといった取柄もない人だったし、その上、超・寡黙《かもく》でしたから、いくら手繰《たぐ》っても語録にとどめるような言葉もなければ、激しい行動を取ったという記憶もありません。

ただしかし、ひとつだけなつかしく目に浮んで来るのは、この人の身だしなみというか、おしゃれの仕方とその姿です。

一般に、戦争までは男でもまだ和服のひとが多くて、兄も旅行以外はほとんど着物でした。

いま残っている写真を見ると、ソフトを目深《まぶか》にかぶり、長いフラノのオーバーを着て、税関シールをいっぱい貼《は》ったわに革の鞄《かばん》を持ち、中国大連《だいれん》の駅頭に立った姿などあり、当時はちょっとしたダンディだったでしょうが、子供の私には、やはり兄さん着物が似合う、と感じられたのでした。

夏の夕方など、藍《あい》みじんの縮《ちぢ》みに一本独鈷《どっこ》を貝の口にきゅっと結び、草履《ぞうり》の鉦《かね》をちゃらちゃら鳴らしながら歩く兄の姿は、子供の目にもちょっとばかり小粋《こいき》に映ったものでした。

秋冬は結城《ゆうき》や大島を着流しにし、兵児帯《へこおび》を猫じゃらしにして将棋や碁を打っている姿、ときにはつんと羽織を着て、大きな房のある羽織の紐《ひも》を結び、柾目《まさめ》の下駄《げた》などはいて出かけることもありました。

同じように、ほとんど和服ですごした父については、何故《なぜ》か兄に見た感じかたはなく、これはきっと父と兄の好みの差や、また身長の違いなどから来る印象のせいだったのかも知れません。

そして、兄をも含め、男の和服の極《きわ》めつきは何かといえば、これはもう文句なし、日本独特の民族衣裳《いしょう》、袴《はかま》でしょう。

いま袴は、婚礼など特別の儀式以外、ほとんど見かけなくなってしまいましたが、昔は子供から大人まで、男は日常気軽く穿《は》いていたのを思い出します。

に作家への志を芽生えさせてくれた。

大正十五年生れで軍国教育のるつぼのなかで育てられた娘は、昭和二十一年、満州から引揚げて帰ってきたとき、日本国中、「自由」と「男女同権」が溢《あふ》れ返っていた驚きをいまも忘れることはできない。

生れて始めて選挙の投票に行ったとき、感動で手がふるえ、これからは女の時代、一生かけて女の生きかたを追求し、我が手で描いてゆきたい、と固く心に誓ったことなど思い出すのである。

二十世紀は有史以来の激動時代だったが、そのまん中に当る昭和二十六年、憤死に等しい死にかたをした父と、作家になろうと志した娘、どちらも胸に刻印されて消えることはない。

（「文藝春秋」臨時増刊号　二〇〇〇年二月十五日）

ふるさとの水

その夜、誰かにやさしく頬を撫《な》でられているような気がして、ふっと目ざめた。

ここは旧満州の吉林省九台県、下九台の町の、通称かまぼこ兵舎と呼ばれる難民収容所の、その独房の一室。

目をあけると、小さな窓から水のような月の光が射《さ》しこみ、私の顔半分を照らしている。夜半に目覚めることなどめったとないが、その夜は何かに誘われるように身を起し、かたわらの一歳半になる娘の寝息をたしかめてからそっと外へ出た。

戸の面《おもて》は煌々《こうこう》たる月夜で、もの音ひとつしない静けさ。ほうき草の生い茂った原っぱにしゃがんで空を仰ぐと、まるで深海のような深く暗い中天に、満月がぽっかりと浮んでいる。

みつめているとふしぎな思いに打たれ、それは渡満して一年半のこのときまで、空など全く仰いだことのないのをあらためて思われる。

終戦前後からずっと、暴民の襲撃を避けてあちこち逃げまわり、持物のすべてを失って命からがら、このかまぼこ兵舎に辿《たど》りついたのだったが、ここと決して安全とはいえなかった。

夜間外出禁止の規則を破って、女が一人、原っぱに立っていればまだまだ危険がいっぱいといった状況ではある。

しかし月はあまりに美しく、私の視線を惹《ひ》きつけて離さず、そのうち月の輪郭はみるみる大きくなってその中になつかしい父の顔が浮び、続いて母の顔、兄の顔、そして生れた家の台所の喧騒《けんそう》や来客の賑《にぎ》わいが、まるで幻灯機のように浮んでは消え、消えてはまた浮んでくる。

そのうち、月の輪郭が大きくふくらんで呆《ぼ》やけたと思うと、まるで誰かに涙のボタンを押されたように、どっと熱いものが溢れおちた。

懸命に声を押し殺して泣きながら、お父さあん、高知の町でこの月を見ていますか、お母さあん、元気ですか、とみ子はここにいます、聞えますか、月を見ていますか、帰れるものならこの二本の足で歩いて帰りたいけれど、故郷はあまりに遠い、でも帰りたい、帰りたい、私の故郷へ帰りたい、お父さあん、お母さあん、私はとめどなく涙を流しながら心の中で絶叫しつづけた。

これまでこの混乱の満州から、敗戦の日本へ帰れるなど考えられもせず、どうせ末は大陸の土となってしまうだろうと思っていた私だったが、この満月を仰いだ夜から、強烈に猛烈に故郷を恋う人間となってしまったのである。

そして無事日本の高知へ帰れたら、娘にはいちばん先、故郷の水を飲ませてあげよう、とそのとき固く心に決めた。

大陸の水の悪さはかねて聞いてはいたけれど、渡満の瞬間からこの水に悩まされたことを思い出す。

井戸を掘ると水は出てくるが、どの地下水も赤土混りの真っ赤なものばかり。水道水など望むべくもない開拓地だから、そんな水でも煮沸して飲み水に使わざるを得ない。

するとてきめん、この水を飲んだ日本人全員、一日に百回もの下痢をすることになり、駅前の診療所へ駈《か》けこむのだが、ここに詰めているのは獣医さん一人と薬はアスピリンだけ。

しかしふしぎなもので、下痢も馴《な》れてしまえば自然治癒するのかひとりでにおさまり、大陸向けの、細菌に強い体が出来上ってゆくのである。

咽喉《のど》の渇いた夜半、水晶のように透きとおった冷たい故郷の水を、ごくごく、ごくごくと咽喉を鳴らせて飲んでみたい欲望は、大陸の水に泣かされた日本人の大きな憧《あこが》れでもあったのである。

私たち親子三人は九死に一生を得て日本に帰ることが出来たが、婚家先の門前を流れる仁淀川《によどがわ》を目にしたときの感動は生涯忘れるものではない。

仁淀川は八田堰《はたぜき》でせきとめられ、用水として広く田畑をうるおしているのだが、引揚げ列車から下り、その堂々たる堰の音を聞いて、私は思わず土堤《どて》を駈け上った。そこで見た青い清冽《せいれつ》な川の水は、飛翔《ひしょう》し、奔騰《ほんとう》し、そして互いに歓喜しながら河口へと目指す美しい日本の水の姿だったのである。

ふるさとの水のありがたさよ。

（「家庭画報」二〇〇七年六月号）

飲馬河《インバホウ》の米

この秋、九月二十六日の朝、私が下り立った旧満州国吉林省九台県飲馬河は、いまから五十三年前、私どもが襲撃されたあの九月八日の日と同じく雲ひとつなく空晴れわたり、吹く風はさわやかだった。

昔、ここは無人の寒駅だったのに、いまはコンクリートの建物に変わり、駅の周辺には十五、六戸の人家も見える。

昭和二十一年に、私どもが引揚列車に乗ってこの地を去って以来、中国との国交回復が成るや、ずい分各方面から再訪をすすめられたが、いつも決心を固めようとするたび、妨げとなるのはこの地で襲撃された記憶ばかり、その恐怖からずるずると計画を先のばししているうち、とうとう半世紀以上も経《た》ってしまったのである。

長い年月を経たからこそ恐怖の経験は風化されるかといえばさにあらず、汽車が飲馬河駅に近づくにつれ、私は息苦しいまでに緊張が高まり、そして駅舎のうしろにある昔ながらの給水塔を仰いだとたん、まるで噴きあげるように涙が溢れてきたのだった。

私がこの地に住んだのはまだ十八歳のころ、当時は何も判らず、小学校教師だった夫に従い、ひたすらお国のため、生後五十日の長女をおぶっての渡満だったのである。駅舎を出、昔のようにもんぺをはき、付近を歩いてみると、前にはどこも四十人ほどの大家族だった住民たちはいま夫婦単位で分かれ、小さな家が増えていることを除けば何もかも昔のまま。

水たまりのような泥の池で、以前と同じくあひるを飼っているし、暖房はなお温突《オンドル》で、燃料は農作物の根っこをかまどで焚《た》いている。

雨の降ったあとの泥濘《でいねい》の凹凸はジープも通れないほどで、そして家畜のものか人間のものか、糞《ふん》は至るところに落ちている。まだ露天の井戸もあり、水を汲《く》む見馴れた楊《やなぎ》の籠《かご》もそのままあった。そしてこのなつかしい風景のなかで、私どもの住んでいた宿舎や小学校なども、目印の大きな楊の木こそないものの、ほぼこの辺りだと摑《つか》むことができたのである。

五十年何も変らぬ、というのは驚嘆に値いすることだが、反対に大いに変っていてこれも驚嘆したこともいくつかあった。

そのひとつは、物見高く集ってくる村の人々の表情がいとも柔和に物腰もとてもやさしくなっていたこと。この人たちに取巻かれていると、私はあの襲撃の日の恐怖もすっかり遠のき、そしてのんびりと、時間の流れるのさえ忘れ去っていたのだった。

またこの村の風景のなかに、樹木がひどく多くなっていることに気がついた。以前は、太陽は地平線から昇り、また地平線に沈むというのが満州の曠野《こうや》で、その間、さえぎるものもない野面《のづら》を、風が駆け抜けてゆくのである。

いまは駅から北に向ってポプラの並木道がはるか続いており、見渡せばあちらにこんもり、こちらにこんもりと、森や林ができ、地平線は見通すことができなくなっている。これについては、たぶん憶説にちがいあるまいが、終戦時、全満に日本人の死体があまりに多く転がっているのでいちいち始末ができず、簡単に埋葬した上に木を植えたのだという話を聞いたことがある。

全く根も葉もないことではあろうけれど、それだけにここに限らず全満の地が彼我殺戮《さつりく》の現場であったことはまぎれもない事実ではあったろう。

そして私は、駅舎の裏に立って見渡したとき、視界の限り黄金の波のうねっている光景に驚いたが、近づいてみるとこれが全部、陸稲《おかぼ》のみのりの穂なのであった。

元来、満州には米は作れず、地のある限り高粱《コーリヤン》を植えていたもので、この高粱はかつて人間や家畜の飼料にするばかりでなく、燃料として貴重な資源だった。

それに、春播《ま》いた種は夏ごろ人の背丈以上も伸び、この畑のなかに一旦《いったん》逃げこめば容易に捜し出せぬとあって、無気味な隠れ場所にもなり、高粱の伸びるころが匪賊《ひぞく》の跳梁跋扈《ちょうりょうばっこ》の季節だと恐れられていたこともある。

そういえば、今度の旅で大連から瀋陽《しんよう》を経て長春へと陸路を車や列車で入ってきたが、その沿道で高粱の栽培を見かけることはほとんどなかった。

大ていが代ってとうもろこしだったが、ここ飲馬河だけは陸稲を作っていたのである。

しかも、黄金一色のなかに黒い点々が見え、それらはすべて、天へ続くほど広大なこの陸稲の畑を、日本の昔のやりかたと同じく一株一株、鎌《かま》で刈っているのだった。

私はこの風景を見たとき、深い感慨をおぼえた。

満州に何故稲が作れないかといえば、稲は水がなければ栽培できず、水の乏しい満州ではまず不可能であるのを、改良研究して水の要らない陸稲栽培に成功したのは、日本の開拓団のみなさんだと聞いていたからである。

これについては、この技術を伝えたのは朝鮮人移民であると主張する人もいるが、私がこの地に住んでいたとき、開拓団の人たちが日本から持ってきた籾《もみ》を播いて陸稲を作っていたのを知っている。それまで穀物といえば高粱かとうもろこし、一部で小麦だけだった土地の人が、陸稲栽培に大いに興味を抱いたのは当然のことであろう。

終戦後の引揚げで、満州に日本の農民は一人もいなくなってしまったが、技術だけは土地の人に伝えられ、いま飲馬河は豊かにたっぷりと日本の米を実らせている。聞けばいまや飲馬河米というのは有名ブランドとなっており、高値でよく売れるという。

昼どきになり、昔の隣人王さんの家に立寄って私はこの飲馬河米を茶碗《ちゃわん》に一杯、ごちそうになったが、これはなかなかのもの、いわゆる日本で食べる外米ではなく、あくまでも日本の米だった。

王さんはお土産に、と私に袋いっぱいの米を下さり、私は大よろこびで持って帰ってのち、住所録をめくって、昔この地に住んだ開拓団の方々（ほとんどが子供さんの代になってはいるが）五人に、一握りずつこの米を送った。

五人の方々が皆、大いに喜んで下さったのはいうまでもなく、故人となっているご両親にこの米を供えて報告して下さったという。

たぶん、仏前に手を合わせつつ「昔、あなたが飲馬河で作ったお米は、五十二年後のいまも、こんなにおいしくゆたかにかの地で実っているのですよ」という言葉を添えて。

（「すばる」一九九九年一月号）

上野本牧亭《ほんもくてい》

私が子供時代をすごした昭和初年のころは、中央と地方の文化の落差はひどかったらしく、同世代の三島由紀夫《ゆきお》氏の回想記など読んでいるとためいきの出ることがいっぱいある。

例えば、彼が父君の書斎にしのび入り、金の背表紙の世界文学全集を盗み読みする個所を見ると、同じころの土佐の私の生家では書斎も本棚もあるはずもなく、本といえばわずかに七、八冊、そこらに転がっているだけだった。

これは、地域差というより両親の教養の差というべきだろうが、字をおぼえはじめた子にとってはいかなる本であれ、これが世界のすべてであって、まるでむさぼるようにくり返し読んだことを思い出す。

本は、表紙に緑いろの布を貼《は》った大日本雄弁会講談社発行の講談全集で、全何巻か刊行されたにちがいないが、家にあったのはそのうちの三冊ほどだったとおぼえている。記憶をたぐれば「岩見重太郎」や「塩原太助」、「太閤記《たいこうき》」、「日蓮上人《にちれんしょうにん》」もあったし、たしか「寛永御前試合《かんえいごぜんじあい》」や「塚原卜伝《ぼくでん》」もあったと思う。お気に入りは神田伯山《はくざん》演ずるところの「夕立勘五郎《かんごろう》」で、とくに井川洗厓《いがわせんがい》のさし画《え》が好きで画用紙に写し取ったりした。

父はいつも寝床に腹這《はらば》ってこの本のページを繰っており、無学な男のこれが唯一《ゆいいつ》の楽しみであったか、或《ある》いは案外、睡眠薬代りに読んでいたのかもしれなかった。

いまひとつの本は、これも間道縞《かんとうじま》を貼った小判の落語全集のうちの一冊で、何故かこの本は便所の棚にいつも備えつけてあった。外へ取出して来てはいけないとされるまま、一席終るまで読みとおし、「長雪隠《せっちん》」などと叱《しか》られたものである。

この本で私は「品川心中」や、「花見酒」や、その他たくさんの名作を知ることが出来たが、ざんねんながら、内容は活字で読むだけ、噺家《はなしか》が咄《はな》しているのを一度も聞いたことがなかった。というのは昔もいまも、中央文化に遠い土佐には寄席というものがなかったからだった。

講談も落語も、人が演じてこそ面白味は倍加するものと思われるが、私のこの願望がやっと叶《かな》えられたのは昭和三十年の前半ごろからではなかったろうか。

そのころからは仕事の関係で年に二、三度は上京するようになり、汽車に乗るまえなどのわずかな時間を盗んで上野の鈴本に駆け込み、志ん生師匠の「火焔《かえん》太鼓」や「三枚起請《さんまいきしょう》」を聞くことができた。

公用のあいまを縫ってだから自分でプログラムを選ぶことはできないが、とくに志ん生さんを目指したのは、師匠が満州からの引揚者であるという、私との共通項があったためかと思う。

昔、子供のころ、長雪隠で吸収した落語というもの、はじめて所作をつけて演じたものを見たときの感激は忘れられないが、もう一ついえば、「講釈師、見てきたような嘘《うそ》をいい」の講談を、張り扇の音を聞きながら目の前で見たいと念じつづけてきたのだった。

しかし、寄席の人気は次第細りで客も減り、本牧亭が閉める話、鈴本が閉める話などつぎつぎに聞えてきて、淋《さび》しい限りだと思っていたところ、最近ある日の夕刊に、六代目宝井馬琴渾身《こんしん》会、と見出しのついた記事が載っており、え、とばかり私は目を見張った。

寄席の消息は、下町界隈《かいわい》の方たちならともかく、同じ東京でも私など西のはずれに住む人間には遠い世界の話、しかし「渾身会」とはいまどきうれしいタイトルではないか、私はすっかり興奮し、しらべたところ、何と上野の本牧亭、いまだ細々と営業を続けているという。

聞けばもとの鈴本のお身内の方の経営だとか、おそらく下町の人々の人情に支えられてのことだと思うが、このなかで馬琴師匠は「箙《えびら》の梅」を語ると伺い、さっそく私もでかけていった。

すっかり変貌《へんぼう》した本牧亭は池之端《いけのはた》の横町にあり、階下は料理屋さんで、狭い階段を上ると二階六畳が見物席となっている。膝《ひざ》詰め合わせて二十一人で満杯、という畳敷きにこの日は十七人の客で、やがて正面の高座に師匠お出まし、梶原源太景季《かじわらげんたかげすえ》が生田《いくた》の森の合戦に箙に梅の枝を差して奮戦したという軍談が始まった。

いや面白いの何のって、鍛えぬかれた師匠の声の迫力すさまじく、臨場感あふれる語りにすっかり息を呑《の》まれ、終ったあともぼうーっとしてなかなか我に返ることはできなかったのである。

これぞ渾身の芸、いまどき小さく薄く軽くでやりすごしている芸のなかで、こんなに力強く人に迫るものがあろうか、と私、大いに感じ入ってしまったのだった。

遠い昔、さし絵つきの活字で読んだ講談、六十年を経てはじめて実物に接した私のこの満足を、皆さま果してお察し頂けようか。

（「文藝春秋」一九九八年五月号）

惚《ほ》れた魚屋さん

東京の町ではときどき「活魚料理」という看板を見かける。

私の故郷土佐では見たことも聞いたこともない言葉なので、どう読むのか念のため辞書をひらいてみると、「かつぎょ料理」とあり、生きている魚を料理すること、とある。

他に「いけうお」とも「いきうお」とも読みかたがあるのを知ったが、しかし実際にこの言葉を口にしているのを聞いたことは一度もなかった。

いけうおもいきうおも、正しくは生簀《いけす》に飼ってある魚を料理するところから出た言葉らしいが、浜揚げのピチピチを食べて育った土佐生れには、生簀で飼い馴《な》らされて体力の低下した魚には何の魅力もなく、「活魚」という看板を見ただけでごめんだな、と思ってしまうのである。

ところが、とれとれの新しい魚のことを「いけうお」と発音するあんちゃんに出会ったのはここ七、八年前のこと、ところは六本木でだった。

　そのころ、六本木に仕事場を持っていた私は、つい隣の赤坂によい魚屋さんがあることをマンションの管理人に教えられ、さっそくお世話になることにした。

　朝、九時半前後にその甲州屋さんに電話し、

「今日は何があるの？」

　と聞くと、

「へい奥さま、今日はとっても生きのいいさより、それにあおりいか、これ刺身でどうです？　いさきも塩焼にすれば美味《おい》しいですねえ」

　などなど、いかにも自分が手塩にかけて育てた魚のように、いとしそうに挙げてみせる。

　電話注文は何故朝の九時半かといえば、甲州屋さんはきっちりと毎日、夜明けから河岸《かし》へ買出しにゆき、我が目でよいものを選んで、そしてこれは帰宅の時間なのである。

　このあと、察するに甲州屋さんは雨戸をおろして一眠りするらしく、昼すぎまではベルを鳴らせど誰も出ぬ。九時半に一足おくれ、昼すぎにでも注文しようものなら、もはや売切れ、魚は一匹もないのである。

　その代り、朝の注文で狙《ねら》いどおりのものがあったときは夕方が待ちどおしく、いそ

いそと食卓の用意をして待っているとやがて自転車漕《こ》いで配達にやってくる。

このマンションには場所柄有名人が多く、みなさんこぞって甲州屋さんの「いけうお」を注文するものだから、彼は大きな手さげの盤台《はんだい》を持って、最上階から順番に配って下りてくるのである。

魚は河岸の朝揚げの品、それをきれいに刺身に作ってもらって即ごちそうになるのは最高のしあわせ、実にうれしい。

昨今の魚屋さんは、たまさか河岸に出て一まとめに魚を買い、冷凍しておいて小出しに売るシステムらしいが、甲州屋さんは律義《りちぎ》に一日ぶんだけを仕入れ、その日に売り切ってしまう。

それだけに、味について裏切られたことは一度もなく、その信用から私はおつかいものにも頼むようになった。

昔は祝いごとの贈物にはよく赤い魚を使い、鯛《たい》やあまだい、糸よりなどに南天その他の青い葉を差して届けたもので、そのための、細工のよい魚籠《びく》というのを荒物屋では売っていたことだった。

「おつかいもんならあっしに任せておくんなさい」

と甲州屋さんはいつも胸を叩《たた》いて引受けてくれ、目の下何寸のいい鯛を届けて参りました、とちゃんと報告もしてくれる。

こんな魚屋さんをつかまえていれば、食生活は魚に関する限り十二分に満足で、できれば一生ご縁がほしいが、ざんねんなるかな、私の六本木生活はまる五年でピリオドを打ってしまった。

かりの仕事場だし、閉鎖にあたっては何の感傷もなく引揚げたが、ただひとつ、甲州屋さんと別れることだけはつらかった。

狛江《こまえ》に帰ったのちも未練断ち切れず、家の者を使いに出してときどきは「いけうお」を取り寄せていたものの、やはり夕方、盤台を下げて配って来てくれる距離にいなければ、しぜん遠のいてしまう。

人間、年を取ると好悪《こうお》がはっきりし、それは年々頑固になり勝ることがよく判《わか》るだけに、気に入ったように身辺の用を足してくれるひとは貴重である。

曰《いわ》くマッサージさん、美容師さん、ホームドクター、そして私の場合はそれに魚屋さん八百屋さんが加わっている。

ただいまのところ、何とかすべて必要を満たしてはいるものの、やはり甲州屋さんが忘られず、とき折恋しくなるのはまるで昔の恋人、である。

(「本の話」一九九五年七月号)

まぼろしの料理――土佐の味あれこれ

私の小説、とりわけ〈綾子もの《あやこ》〉と称されたりもする、『櫂《かい》』『春燈《しゅんとう》』『朱夏』『仁淀川《によどがわ》』（新潮文庫）とつづく自伝的作品群には、食べ物や料理の描写がしばしば出てくる。言われてみればその通りなのだが、作者としては、これは最初から意図したことではなかった。

ひとつには、小説を書くうちに、土佐の風土や文化をまざまざと描き出したり、満州での飢餓体験を読者にしたたかに伝えるために、食べ物のことを書き込む必要が出てきた、という理由もあるだろう。しかし何よりもまず、私自身をモデルにした人物を描く以上、食べ物のことは自然と出てこざるを得なかったのだ。私と食欲とを切り離すことはできない。要するに、私は食いしん坊なのである。

美食家だった父親の影響で、私は子供のころから料理に興味があった。父は仕事の関係でしばしば京阪神に出かけたのだが、そんな時、私も一緒に連れて行かれたものだ。おかげで、私は五年生くらいまでは小学校にも半分しか行かずに、京阪神に旅しては、船場《せんば》「なだ万」など父好みの料亭に、ほとんど入り浸ると言ってよい有り様であった。

土佐には「夜売り」というものがあって、夕方に浜にあがったばかりのお魚をボテ振りが売りに来る。アジでもサバでもとれたてで、まだビンビン跳ねている状態ものだから、晩のおかずにしようとみんな待ち構えている。ところが父はこれすら気に食わないのだ。「他人が釣って、ボテに揺られた魚らァ食えるもんか」というわけで、とうとう舟（沖釣り用の動力船一ぱい、湾内用の櫓舟《ろぶね》が二はい）を買って、自分で釣り始めた。

生家のそばが鏡川《かがみがわ》の河口にあたり、すぐに浦戸湾が広がる。ちょうど真水と潮水が入りまじるあたりで、魚の種類も多ければ、蜆《しじみ》や浅蜊《あさり》など貝の味も極上であった。生家裏にあった長屋に住む、貧しいその日暮しの人たちの中には、道具も何も持たず、朝早くに鏡川へ出かけて、素手で貝を掬《すく》って来ては、

「蜆エ～、浅蜊エ～」

と売りに歩き、それで一日の食べ料《しろ》を稼ぐ者もいた。

私もものの心ついた頃には、父の釣り舟の上で遊んでおり、鏡川から浦戸湾にかけて

はわが家の庭みたいなものだった。春には日本一早いという桜が咲き、中ノ島の柳、法師ヶ鼻の松など絶景が望めたものである。

舟では、男たちは陶器の小便筒で用を足す。釣った魚をその場でさばいて食べる人もいる脇《わき》で、筒の中身を川に捨てても、鷹揚《おうよう》な時代とあって誰も文句を言わない。男はそれですむが、女の子はそうはいかない。

「おしっこォ」

「またかや!」

父はうんざりした顔になり、それでも近くの岸に舟を寄せてくれ、私は急いで土手を駆け上がる。

たとえばニロギという小魚がよく釣れた。お隣りの愛媛県では畑の肥料にするというが、土佐では、一日干《ひいといぼ》しにして軽く炙《あぶ》ってよし、二杯酢にしてよし、ごく親しまれている魚だ。宮家の筆頭伏見宮家の長女として生まれ、大正天皇妃の候補にもなった山内豊景《やまうちとよかげ》(土佐山内家十七代当主)侯爵《こうしゃく》夫人禎子《さちこ》さんは、ニロギの刺身が大好きで、あの小さい、小さい魚を女中さんが苦労して身を削《そ》いでは食卓に載せていたそうである。

秋が深まってくると、父はハゼ釣りに精を出した。鏡川の青海苔《のり》をついばんで育ったハゼには独特の風味があり、これで正月のお雑煮の出汁《だし》を取るとこたえられぬうまさになる。釣ってきたハゼにカンカラをかぶせ、遠火で蒸し焼きにして、仕上げに天日でからからになるまで干す。正月が来ると、これで出汁を取り、切り餅《もち》は焼かずにそのまま潮江蕪《うしおえかぶ》と一緒に煮て、椀《わん》に盛った上からかつお節をかける。これがわが家のお雑煮であった。

母は「師走《しわす》がいちばん嫌い」とよくぼやいていたものだ。正月に向けての、一家を差配する女の仕事は数知れず、大掃除、晴れ着の準備、おせちの仕込み、食料から祝儀袋にいたるまでの買い物、各方面への挨拶《あいさつ》などなど、おおわらわで十二月は過ぎてしまう。

そのかわり、正月が来てしまえば、これは街中《まちなか》にある水商売の家だったからかもしれないが、玄関に屏風《びょうぶ》を立てて、その前に名刺入れだけ置いておけば、女の寝正月も許された。

生家には先祖伝来の十二段重ねの重箱があった。大晦日《おおみそか》には、母も女中さんたちも寝る暇などなく、おせちを作っては、次から次へと重箱に入れていく。足りないものは仕出し屋から皿鉢《さあち》を取る。私はといえば、目をキョロキョロさせて、重箱に何が入っているかを覗《のぞ》いてまわった。黒豆や煮物などは子供にとって嬉《うれ》しいものではなく、甘いようかんを見つけると、それぱかり盗み食いをした。好きなものはおなかが痛くなるまで食べ続けるという悪癖を持つ私は、父から「正月早々、腹をこわして病院へ行く気か」などと叱《しか》られたものだ。

やがて私は農家の嫁になり、お客を迎える側になった。農家では正月よりも、婚礼やお葬式や、神事《じんじ》と呼ばれる秋祭に際しての「お客」(家に招いての宴会)がいちばん大事であり、大掛かりでもあって、私は朝五時には起きて、皿鉢を二、三十枚作った。

嫁入り先の家では重箱でなく、ボロ蔵に皿鉢が何十枚と積んであった。その皿鉢に入れる料理が、集落での競い合いというか、その家の嫁の腕の見せどころとあっては、私もいささか熱を入れて取り組まざるを得ない。刺身や煮物、鯵《あじ》も入れた酢大根《すだいこ》などの酢の物は勿論《もちろん》のこと、みつ豆や、鯛をのせた素麵《そうめん》、芋ようかん、むき饅頭《まんじゆう》(饅頭の皮をむいて、カステラみたいにしただけのものであるが)なども入る。温暖な土地とあって、ほとんど収穫のない大豆を取っておき、豆腐屋に持っていって、豆腐を作ってもらうのもこの日である。なかんずく、いつも好評を博したのは、ぐじの蒸し寿司《ずし》であった。

大きな蒸籠《せいろう》に斜めに入れてもピンッと尻尾《しっぽ》が出るくらいの立派なぐじを買ってきて、

うろこを引き、おなかを割いて、塩を振っておく。いっぽう、おからに椎茸《しいたけ》や葱《ねぎ》やおいしい野菜を小さく切り込んで、少し塩を振りながら、臼《うす》でつく。これは男の仕事で、女は杵《きね》取りをする。ここがポイントで、つきようが悪かったら、おいしくならない。つき終わったおからを、ぐじの腹にたっぷり詰めて、蒸籠でしっかりと蒸しあげる。そうして、蒸籠ごと宴席に据えて、箸《はし》で身を崩しながら食べるのだ。自分で作ったものをこう申すのもナンであるけれど、それはそれはおいしくて、いつも大好評であった。われながら、いい嫁であったことよ、と思う。

お客さんに口々に褒められて、やれ一安心とほっとしていたら、姑《しゆうとめ》に「登美子さん、お土産は?」と言われた。農家の「お客」の仕上げは、宴席ではなく、みんながぞろぞろ台所に入ってくるのへ、ご飯と味噌汁《みそしる》を出し(ここに豆腐屋で作ってもらった豆腐を入れる。ある年、おつかいに出した娘が豆腐を落としてしまい、母娘で泣くわ叱るわの大騒ぎになったこともあった)、帰り際《ぎわ》にお土産の箱を渡して、ようやくお仕舞いになるのである。お土産は、経木《きようぎ》の箱に、縦半分に鯵か鯖《さば》の姿寿司、残りの半分に太巻きやらようかんやらを詰め合わせる。箱の丈にきちんと合わせた鯵を買っておかねばならない。

東京へ出てきてから、何度も、あのぐじの蒸し寿司が食べたくなったが、ぐじのいいものが手に入らないし、土佐の農家にあるような大きな蒸籠も蒸《ふ》かす器具もないしで、とうとう幻の料理になってしまった。今ならば新鮮なぐじも器具も東京で入手できるかもしれないが、私にあれを作る馬力が残っていない。

ほかに私の好物というと——

『櫂』の冒頭に出てくる楊梅《やまもも》は、私も書いたように足がはやく、当時は高知でも「朝とったら夕方くさい」と言われるほどだったのに、今では東京でも簡単に食べられるようになった。ただし、空を飛んできた楊梅はいささか実が硬いように思われる。汁がにじんで、ぼってりとやわらかく膨《ふく》らみ、子供の私がおなかが痛くなるほどたくさん食べたあの楊梅はもうどこにもない……ところがいつだったか、六本木公園に大きな楊梅の木があって、周りに熟しきった実がぼたぼた落ちており、誰が拾うわけでもなく、踏みしだかれて紫色の果汁があたり一面の道路を汚しているのを見つけた。もったいないような、口惜《くちお》しいような、ちょっと立ち去りがたい心持になった。

そして筍《たけのこ》。筍ご飯にめっぽう目のない私は一家言持っているのであるが、筍はもう、日本中ですっかりダメになってしまったのではないか。男が唐鍬《とうぐわ》を担《かつ》いで、「太いがを掘ってくるきに、鍋《なべ》洗うて待っちょけ」と山に入り、掘りたての孟宗《もうそう》（孟宗でないとダメ）の筍を女が醤油《しょうゆ》だけでパッと煮る。筍とはそういうものだ。味などつけなくてよい、せいぜい、おじゃこを入れるくらいか。そのおいしいことと言ったら！ あれもまた幻の料理になってしまった。

こうやっていくら語ってみても、結局は昔の土佐の味である。今では、高知に帰った時にわざわざ市場へ出かけ、あれこれ好物を買いこんできてみても、東京で食べるのと同じ味でしかない。せいぜい、新鮮な刺身が「ああ、やはり……」と喜ばせてくれるくらいか。食材の味がすっかり変わってしまったとも、流通がすばらしく発達したとも言えるが、なんだかつまらなく味気ない思いになる。

いやいや、それでも――と私は思い返す。私の理想の生活は、今だって、高知の大橋通り（高知市の中心部にある、食料品の小売店が軒を並べるアーケード街）の近くに家を建てて、毎日気随気儘《きずいきまま》に、体調と相談しながら、その日のおかずを買いに行くことなのだ。それぞれ季節になれば、ノレソレもマイゴもニロギもベイケンもハゲも魚屋に並んでいるだろうし、ちりめんじゃこの釜揚《かまあ》げもたまらなくおいしい。寒ブリの塩焼きにしたって、氷見《ひみ》のよりも何処《どこ》のよりも、土佐のブリのほうが私は好きだ。「松岡」か「永野」で揚げたてのてんぷら（他の土地で謂《い》う、さつまあげ）を買って映画館に行くのも楽しいし、少し足をのばして「堀田」で甘いトマトや小夏を買うのもいい。私は若い頃にはお魚を食べなかったのに、年のせいか、最近になって刺身が好きになったのだけれど、この前大橋通りで買ったウメイロという魚の刺身は舟で五百円くらいだったか、たいそう美味であった。白身で、歯ごたえもよくて、ぐじと鯛の中間くらいの味。

そして大橋通りのすぐ北側には、今や全国的に有名になった〈日曜市〉が立つ。ここでは年中、筍ご飯を売っていて、私は高知に帰るたびについ買っては、「こんな味じゃない、筍ご飯はこんなんと違う」と怒り狂いながら、それでも熱心に食べてしまうのである。

（「ｙｏｍｙｏｍ」二〇〇九年三月号）

あらためて、感無量

月刊誌ならば一年に十二冊、折々の増刊を入れても十三、四冊にしかならない雑誌が、このたび一千号を積み上げたとは大きな驚きだが、同時に、私にはしみじみとした深い感慨が湧《わ》いてくる。

四十歳にしてようやく上京した私にとって、故郷高知で手に取って読む『婦人公論』は、長いあいだ、憧《あこが》れの的だった。

いつも新しい女性像への指針があり、いつかはここに登場するような女性になりたいという潜在的願望が、私に、こちらで募集している小説の女流新人賞に応募させたのだと思う。

それは昭和三十七年のこと、第五回の新人賞に当選したという報《し》らせを受けたときの嬉しかったこと、それこそ天にも昇るほどの思いで記者会見のために上京し、次いで秋の授賞式に臨んだのだった。

この前後のことはいまでも鮮明によみがえってくる。何しろ作家を志して十五年目だったし、長い間、目標にしていた『婦人公論』の誌上に自分の写真と作品が掲載されると思えば、なま半可な興奮でなかったのも当然だったろう。

掲載誌は十一月号、表紙は女優の桑野みゆきさんの全身像を斜めにレイアウトしてあり、その長いきれいな足を眺めながら、しみじみ幸福感に包まれたことも思い出すのである。

これを機に私は中央公論社に折々お出入りを許されることになったが、これが私の、出版ジャーナリストとのおつきあいのはじまりだった。

社長は美男で颯爽《さっそう》たる嶋中鵬二《しまなかほうじ》さん、『婦人公論』編集長は三枝佐枝子《さいぐささえこ》さん、担当は倉沢爾朗《じろう》さんで、他に近藤信行《こんどうのぶゆき》さんもいらしたし、たしか澤地久枝さんもいらしたと思う。皆さんそうそうたる方々ばかりで、田舎者の私にはこの方々のすべてが勉強になり、社にお伺いするたび一言半句も聞き洩《も》らすまい、と吸収に懸命になっていたものだった。

残念ながらこのあと私の小説はものにならず、昭和四十一年初頭、とうとう故郷を捨てる羽目になってしまったが、上京後、まっさきに訪ねていったのはやっぱり『婦人公論』だった。

明日からの暮しにも困るという私を見て、倉沢さんは頭をひねり、友人のつてを頼ってとりあえず女性週刊誌に二十枚の手記を書く仕事を私にあっせんしてくれた。この二十枚の原稿料が当時の私の生活をどれほど助けてくれたことか、倉沢さんの温情を私はいまでも忘れることができないのである。

また倉沢さんに限らず、知人もない東京では頼るさきは『婦人公論』だけ、という私に、皆さん入れかわって折々に随筆を書かせて下さったり、激励のお便りを頂いたり、私が太宰《だざい》賞をもらうまでの月日、物心両面で私を支えつづけて下さったのだった。

下手な小説を出版社に持ち込み、ボツになって心萎《な》える日は数え切れず、そういうとき必ず目に浮ぶのは、赤いじゅうたんの東京會舘《かいかん》での華やかな授賞式の光景であって、これあったからこそ奮い立つことができたのだと思う。

あの新人賞受賞から今年でもはや三十五年、その間、『婦人公論』は毎年、受賞者を世に送り出し、昔の受賞者だった私はただいま、その賞を審査させて頂く立場にまわり、毎年、応募原稿をしっかりと読ませて頂いている。

皆さんこの登竜門を突破しようとする気迫がこちらにも伝わり、いつも昔の自分を思い出して感慨に誘われるが、この三十五年のあいだには社長以下、編集者の方々も亡《な》くなったり退職なさったりさまざまの変化があった。

長く馴染《なじ》んだ方が手近にいなくなるのはとてもさびしいが、雑誌千号とは、たくさんの出来ごとともにそこに携った人々の身上や喜怒哀楽を巻き込みつつ、前進を続けて来たのだと思う。『婦人公論』、永久であることを祈るのである。

（「婦人公論」一九九七年九月号）

親と呼ぶべき六人の最期《さいご》

人の終わりを手厚く看取《みと》り、その最期に立ち会うのは徳を積む行為だが、いかなる星のもとに生まれたのか、私よくよく横着者とみえて、そういう経験はいまだ一度もない。

人と生まれれば、最低二人の親を看取って送る運命を担《にな》っているはずなのに、私の場合、複雑な事情があって、親と呼ぶべき人は六人もあった。

この六人が六人、全部私の責任でその死を見なければならないということはなかったが、人の子ならばやはり、自分が満足できるほどその終わりを介護し、死というものを見届けたいと思っていたのに、その機会にめぐり会えないまま、別れてしまったのである。

六人のなかで唯一《ゆいいつ》男性である実父は、昭和二十六年、老人結核のため六十八歳でこの世を去った。

半年ほど自宅で臥床《がしょう》しており、このとき結婚して二人目の子供が生まれたばかりの私は、なにかと忙しくてなかなか見舞いに行けなかった。やっと一カ月に一度、あわただしくご機嫌伺いに行く程度だったが、まだちゃんと話もでき、意識もしっかりしていたので、この人が死ぬなんて、思いもしなかった。

五月三日の夜、バスに乗って父のもとに行き、その夜は枕許《まくらもと》に坐《すわ》ってよもやま話をしたあと別室で眠り、翌朝、一番バスで帰るため病室へ入ったところ、父は横臥したまま息絶えていたのである。

苦悶《くもん》のあともなく、まことに静かな死顔で、頰の下にてのひらを敷いており、それを見ると身じろぎもせず最期を迎えたのだと判《わか》った。

療養の期間は、私には継母に当たる人がとてもていねいに看病してくれており、私はそれを見て、自分だったらとうていこんなに行き届きはしない、と思い、いつも継母に心から感謝していたことを当時の日記に記してある。

六人の親のうち、私がいちばん大きな衝撃を受けたのは育ての親、喜和の死で、このひとは父に先立つこと二年、昭和二十四年の師走、突然心臓マヒで亡くなった。

この母は、高知市の繁華街で戦前から食堂を営んでおり、昔、子宮筋腫《きんしゅ》の大手術をしてからというもの、ときたま心臓不安を訴えていたが、ふだんはちゃんと働いていただけに兄も私も、死ぬなどとはまるで念頭になかったのである。

母はその日、店を仕舞ってのち、近くの荒物屋にもらい風呂《ぶろ》にゆき、その風呂場で突然発作に襲われ、誰ひとり間に合わないまま五十九歳で臨終を迎えたのだった。

私が駈《か》けつけたとき、母はもうものいわぬ亡骸《なきがら》となって横たわっており、私はその体をゆすぶりつつ、どれほど大声挙げて泣いたことだったろうか。

この母に、私はずい分大事に育ててもらっており、老後は私が恩返しするからね、といいいいしていたのに、一人暮らしだったから、子供たちに世話かけまいとして、こんな死にかたをしたのだと思うと、いまだになお涙がにじんでくるのである。二人とも臨終に立ち会うこともなく、会ったのは死顔だけという残念な別れだった。

私の生みの母親という人には一度も会ったことはなかったし、その後このひとが結婚して生まれた子供たちに看取られながら七十七歳で亡くなったよし、風の便りに聞いただけ。もちろん死顔も見てはいないし、野辺の送りも、墓所さえもしらないという縁のうすさなのである。

父を看取ってくれた継母も、実の娘がおり、これは病を得てのち、私は東京からずっと、わずかながら月々の仕送りをし、また帰郷の際は必ず病床を見舞ったが、仕事中で葬式には行けなかった。

そして私が嫁として仕えねばならないはずの姑《しゅうとめ》は二人、これも残念ながら義務を果たすことはできなかった。

二十年近く一緒に暮らした最初の姑とは、離婚というかたちで私から別れて来てお り、最期の床に就いた期間には、私の娘で姑には孫に当たる二人をさしむけて、心ばかりの見舞いをさせてもらったのがせめてもの私の気持ちだった。

次の姑は、主人の兄と同居しており、いずれ東京に住む私たち夫婦のところへ来て頂こうと計画していた矢先、わずかの入院期間で亡くなってしまった。私どもが駆けつけたとき、姑はもう目を閉じたあと、孝行のひとつもせず逝かせたことを、私はどれほど悔やんだことだったろうか。

こんなことを思い返していると、いずれやってくる自分の死は、いったいどんなだろうかとふと思う。

父が死んだあと、その残された日記を繰ってみると、死ぬ一カ月前まではとびとびながら力無い文字で綴《つづ》ってあり、それにはどの文言ももはや十分に生きたので、早く彼岸へと旅立ちたい旨《むね》、記されてあった。

六十八歳で十分に生きたという感覚は、すこし短い気もするが、要するに年月の長さではなく、質なのだろうか。

家族には何も話さなかった父だけれど、そのペンのあとを読むと、もはや生きることに何の未練もなく、死というものを納得の上で従容《しょうよう》として旅立って行ったのかな、という気もする。

逆に母は、死の瞬間までいささかの恐怖も抱かず、ごく平穏に日常の習慣のなかに生きており、いったいどちらがいいのかとときどき振り返るのである。

いずれにしろ私など、誰ひとり親を看取らなかった報いがいずれ来るもの、という覚悟はあり、それがどんなかたちでやってくるのかは神だけが知る運命なのだろう。

一つだけ願望をいわせてもらえば、このトシになってまだ書きたいものがわーっと目の前に群がっている私としては、それらを全部書き尽くし、ああ身が軽くなった、やれやれ、と安堵《あんど》してから父母のもとへと旅立ちたいのだが、これはあまりに欲張り、といえるのだろうか。

（「週刊朝日」一九九八年十月二日）

照れやのお母さん——宇野千代さんの思い出

宇野千代さんといえば、自由奔放に生き、恋多き人生を送った女、というのが一般的なイメージだが、私の場合、二十五年にわたるおつきあいを振返ってみて、宇野さんから男性観など聞かされたことはなかったし、まして自らの色ざんげなど語って頂いたおぼえは全くない。

もっともこれは、私が、宇野さんから見ればいつまでたっても成長のない子供であり、かつ女としても経験に乏しいことで、話し相手たる資格がない、と見離されていたと思える理由がまずあるのだけれど、宇野さん逝って一年を経たいま、いく度考えなおしても、宇野さんの本質はもっとべつのものではなかったかという気がする。

あれは昭和五十四年十月のこと、宇野さんは某女性誌から対談を依頼され、お相手に私を選んで下さった。宇野さんこのときたしか八十歳、信じられないことだが、宇野さんの長い作家生活のなかで対談は初めて、とあって大そう喜ばれ、当日のために私は着物と帯をプレゼントして頂いて、会場たる宇野さんの那須《なす》の別荘に向ったのだった。

まず庭のそぞろ歩きから、ということで、すっかり裸木になった落葉樹のあいだを散策したが、生来鈍感な私はこのとき宇野さんがどんなお話をして下さったのか、情ないことに記憶にないのである。

ただはっきりと脳裏に灼《や》きつけられているのは、宇野さんの表情が世にもうれしそうに和み、小さな声で、「あなたを娘のように」とおっしゃりかけていいよどみ、「いえ、孫かしら」といいなおして、「そんなに思うの」と仰《おつしや》った言葉だった。

そのころ宇野さんのまわりには、血よりももっと濃い母娘関係に見える藤江さんや、長いおつきあいの萩原《はぎわら》さんなどがいらして、まるで緊密な家族を作りなしているように見えたが、元来文学仲間も身内も乏しい私にとって、宇野さんのこのときの言葉はとても嬉《うれ》しく思われ、宇野さんとの距離がぐっとちぢまった感じを持った。

以来、宇野さんは私の書いたものに対する批評もさることながら、こまごまとした日常生活の注意や叱言《こごと》を下さるようになり、それも少しはにかみながら、しかしきびしく、まるでお母さんのようだったのを、いまもしみじみ思い出す。

たとえばいま、簞笥《たんす》のどの引出しを開けても宇野さんの着物が一枚は入っているが、これらの半分は宇野さんから頂いたもの、半分はお店に出かけて買わせて頂いた品である。

私は派手好きで、すぐ華やかなものに手が伸びるのを、そのたび宇野さんは、「年相応に」とこんこん説教なさり、ご自分の好みのものと取替えてしまわれる。あら先生ご自身は、いつも派手な桜なのに、と思いつつもお言葉に従うのだけれど、このなかには、いまだにいささか地味すぎて手の通せぬものもある。

身だしなみをよくして、お化粧を忘れてはダメよ、机の上はいつもきちんと片付けていますか、鉛筆は削って揃《そろ》えてありますか、人さまにお品を頂いたらすぐお礼を書くこと、くよくよしてはいけません、自分は長生きする、と信じなさい、宇野さんから折にふれ頂いた教訓のかずかずは、次から次へといまも思い出されてくる。

こう考えていると、宇野さんの自由奔放の人生、というのは案外に誇張して作られた話であって、その実は、藤江さんや萩原さん、女優の山本陽子さんなども含めて、娘と呼びたかった人に対し、お母さん役を演じてみたかったのではないかと思ったりする。

これまで女の一生、女の生きかたを自分の命題としてきた私は、宇野さんの生涯を振り返ってみて、果して宇野さんがイメージどおりの、自由勝手で放縦な人生を送って来たかどうかを考えると、甚だ疑問であるような気がしてならないのである。

誰でも一生のうちにはたくさんの出会いがあり、どんな人でも激しい恋のひとつやふたつ隠し持っているにちがいなく、それが運命の歯車のせいで成功したり別離を余儀なくされることはある。

宇野さんももしかりに、一人でも子供を生み、実際に母親役をなしおおせていたなら、必ずやその子の父親とおだやかな家庭を築いていたのではなかろうか。

宇野さんはきゃしゃな体つきだったし、そのせいかどうか、いく度か流産の経験もおありのよし、ぽつんと一言、ご自身の口から伺ったこともあり、その言葉少ないおっしゃりかたに、私は宇野さんの、亡《な》き子に対するいい知れぬ哀惜の思いを感じたのだった。

女と生まれれば誰でも母性への憧《あこが》れはあるし、宇野さんもひそかに、いやむしろとても強く、お母さんをしてみたかったのではないかと私は思う。

六月十日は宇野さんの一周忌だが、二日手前にとった日曜日、立派に死をみとった藤江さんと、これも娘分の山本陽子さん、それに親族の方々に私も加えて一行九人、宇野さんの故郷岩国へとおもむいた。

宇野家の菩提寺《ぼだいじ》教蓮寺で法要のあと、河盛好蔵《かわもりよしぞう》さんの手に成る「宇野千代の墓」の字の墓石の下に納骨したが、本堂から墓石までのあいだ、藤江さんの胸に抱かれた骨《こつ》壺《つぼ》の上に蝶々《ちょうちょう》が一羽止まったまま、ずっと離れなかった。

いよいよ地下に安置しようとして、藤江さんはそっと骨壺の蓋《ふた》を開けて宇野さんに対面させてくれたが、そのお骨はまるでさくらの花びらのようにうすくはかなく、美しかった。

享年《きようねん》九十八、その生きて来た道を辿《たど》ってみるとき、私はこの方が決してみだらでなく放埒《ほうらつ》でなく、まことに真摯《しんし》に人生を生きて、そして血を分けた娘でもない藤江さんの手によって手厚く葬られたことに、心からの感動をおぼえるのである。

（「文學界」一九九七年九月号）

私が描いた京おんな

四方を緑に囲まれ、その中を清流鴨川《かもがわ》が貫いて、絢爛《けんらん》たる文化に育《はぐく》まれた、まるで宝石のように美しい京都。しかもそこに住む女性の方々のやわらかなもの腰とやさしさは、一度この地に足を踏み入れた人なら、必ずや再訪を誓うほどの魅力に満ちている。

私も幼いころからこの京洛の地にあこがれ、父の旅にいく度連れて行ってもらったことだったか。

作家になってのちも、閑静さを望んで東京から移り住んだ北海道の山荘のなかでも、夢に見てまで帰りたく思うのは東京でも高知でもなく、やっぱり京都の河原町通《かわらまちどお》りなどだった。

ときどき、まるで恋人にでも会うように思い立って新幹線にとび乗り、胸をときめかせながら私がお馴染《なじ》みの格子戸《こうしど》を開けて訪《と》うのは、堺町御池下ルの昼飯屋さん「木津川」のお店。

ここは常連さんばかり二十人ほどの小さな店で、献立は御飯、みそ汁に、おかずはひじきの煮たのや、おだいのたいたん（大根の煮物）、お豆さんの煮いたん、大根なますなど素朴なものばかり。客は自分の名を書いてある箸《はし》で好きな一皿を取り、満腹ののちは妻楊子《つまようじ》を使いながら近所隣の噂話《うわさばなし》などしがてら、ゆったりと過す。ママは生えぬきの京美人で、年のころは私とほぼ同じ、いつもお母さんのように糊《のり》の利《き》いた真白なエプロンをしており、盆ひとつの安価な商いをたった一人で手抜きせずよく切り盛りしている。

このひとの経て来た長い人生航路には、さぞかし人にはいえぬ苦労もあっただろうに、そんな気振《けぶ》りはつゆも見せず、私など京都について、そこに住む古今の人について、どれだけたくさん、深く深く教えてもらったことだったか。

折よく私は「女の生きかた」を命題としており、ママの助けを借りつつ、大好きな京都が生んだ女人像に取組んでみようと心に決めたのだった。

私の『序の舞』の主人公、島村松翠こと津也は女流画家だが、このひとが戦後、初めて女性の文化勲章受章者となったときの感動をいまも忘れることは出来ない。

中京の葉茶屋の家に、母勢《せい》以の二女として生れた彼女が道ならぬ恋で師の子を妊《みご》もったとき、周囲からの非難は大へんなものであったろう。母の励ましはあったにせよ、ときはまだ明治の中期、父なし子を生んだ娘への世間の指弾がどれほど激しいものだったか想像に難くないが、しかし彼女は絵筆を捨てなかった。

これればかりでなく、その子や家族の死、新しい恋の破局、家の火事、次々おそいかかる災禍にもめげることなく、自分の画業の完成を目ざすのである。

家族を抱え、大望を抱きつつ女ひとり生きてゆくのは並大抵ではないと思うだけに、京都女性の強さに私は心からの拍手を惜しまないつもり。

私がさらに拍手を送りたいのは、忍従を京女性の美徳とするなら、禁裏のなかの一人も挙げたく、東福門院《とうふくもんいん》和子という。

正確にいえばこの方は京都女性ではなく、徳川二代将軍の末姫から十四歳で後水尾《ごみずのお》天皇の中宮となり、以来七十一歳で崩御するまで一度も江戸には帰らず、唯一《ゆいいつ》のなぐさめは押絵細工で遊ぶことと、呉服屋雁金屋《かりがねや》からさまざまの衣裳《いしょう》を見立てることだった。

夫たる天皇には御子《みこ》の総数三十三人、このうち和子所生の姫宮に第百九代の女帝として即位させたが、さだめし耐え難いほどの葛藤《かっとう》があったことだろう。

他に茶道の家元、後之伴家の家元の妹、由良子の生きかたにも感動する。家のためとはいえ、二度も結婚して家族の結束を固め、のちの繁栄の基礎を築いたと思える由良子の忍従の立派さも、京の女性ならではこそと思えるがどうだろうか。最後には、平家の総帥《そうすい》平清盛《きよもり》の妻、時子の雄々しい覚悟のほどと、同族を鼓舞する統率力を挙げたく思う。

もし時子の存在と行動力がなかったならば、あの絢爛たる平家絵巻はなかっただろうし、いまだに人々に衝撃を与える平家亡《ほろ》びの美学もなかったにちがいない。殊《こと》に清盛亡きあと、同族を励まし、叱咤《しった》し、そして幼帝安徳を抱いて壇ノ浦に入水《じゅすい》するくだりは、いく年経ても知る人の胸に熱い感銘をもたらさずにはおかないのである。

いま京都は近代化が進み、溌剌《はつらつ》たる女性が溢《あふ》れていて快いが、しかし、京の女性の矜持《きょうじ》は誰も胸の奥深く秘めているはず。

千年の都の歴史はただならぬ重さであって、この先も未来永劫《えいごう》、この町の人の美しさを守ってくれるのである。

（「婦人画報」二〇一〇年七月号）

平家物語に挑む

私は土佐の生れのせいか、或《ある》いは闘争心旺盛《おうせい》だった父の娘のせいか、以前から仕事は身の丈に余るような難しいものに挑みたいという欲望がある。

これまで書いて来た長篇にもそれぞれ難関や関所があったが、質量ともにずっと私の前に立ちはだかっていたのが「クレオパトラ」と「平家物語」だった。

私は作家として遅いスタートだったので、それまで抱えていたものをほぼクリアして、いよいよクレオパトラに立ち向ったのが六十五歳のとき。

新聞連載の契約は二年半、自分の体力から考えて何とか七十歳までには完結したいものと念願し、まず十日間入院して体中の検査をしてもらう。

結果、トシだから仕方ない部分を除けば、まあまあ合格、のお墨付きをもらってから、ローマ、エジプトの取材に旅立ち、約一カ月を費す。若いときからの夢ではラテン語も自在に操り、自分の頭脳でローマの歴史もひもとくはずだったけれど、ときすでに遅し。

多くの人に助太刀を頼み、しゃかりき文献を漁《あさ》って六十七歳で連載開始。で、まず一回の休載もなく、無事終了に漕《こ》ぎつけたのは七十歳誕生日の二週間前だった。

このときの満足感は今もって忘れられないが、ほっとする暇など無く、さらに難易度の高い平家が待っていた。しかも頭脳と体力のリミットは迫っており、自分で決めた週刊誌に四年間の連載、という条件はとても不安で、前途真っ暗だった。

もう一度入院して、平家が無事完走できるかどうか調べてもらうべきか否《いな》かを自問自答してみたが、七十歳の登り坂ともなればあちこち体中故障だらけでノーといわれることは判《わか》っている。

しかし、自分のこの手で平家に挑もう、と一旦《いったん》決めたからには、よし、やれるところまでやってみようと思った。クレオパトラ時代から較《くら》べれば、記憶力減退の現象はさらにさらに進んでいるが、これは頭のなかにしっかりと刻印されるまで繰り返し、読み且《か》つ書けばいいし、視力の弱くなっている不便は、資料を全部、拡大コピーすればよい。仕事盛りの作家の方と較べればその三倍、五倍も時間を要するだろうが、いやなに、その分だけ書斎にこもって励めばよいではないか。

そして万一、途中で私が死んでしまったときは、トシから考えて読者の方はきっと許して下さるだろう、と私は覚悟のほぞを固めたのだった。

そこで私がいちばんにしたことは、書斎を北海道へ移転させること。

私にはいいお友達がたくさんいて、おかげさまで東京での生活はとても楽しいが、しかしこの微温湯《ぬるまゆ》に浸っていたのでは、平家に立ち向う決心は鈍る。

心を鬼にし、我が遊び心にパンチをくらわして、遠い地に流刑《るけい》にでもならなければとてもこの仕事はできないと思ったのである。

幸い、北海道伊達《だて》市の皆さんのご協力で有珠《うす》山麓《さんろく》の山中に我が山荘が出来上り、ダンボール箱四十余個の資料とともに移転して、いよいよ連載の始まったのが平成十二年、私、七十四歳のとき。

ここは空気清澄《せいちょう》にして風光明媚《めいび》、仕事場としてはいうところなしの場所だが、ただ一つ欲をいわせてもらうと、あまりに静かすぎてさびしい、さびしい。

主人と秘書との三人ぐらしでは、どうかすると一日中ものをいわないで過すこともあり、電話はあれども、東京とは何故《なぜ》か遠すぎて気軽にかける気にもならないし、また友だち連も北海道まで逃げていった私に遠慮しているふしもある。

それに、肝腎《かんじん》の平家はひどくむずかしかった。

大体私は歴史物は得意でなかったし、これまでも近世がせいぜいだったから、中世は判らないことが多いのである。それでも是が非でも書きたいと思ったのは、この時代の女性が、男たちのあいだでまるで贈答品のようにやりとりされるのを読んで、憤慨に耐えなかったからだった。

平家の文章は、少女時代から暗誦《あんしよう》しているほどに美しく、物語としての展開もみごとなものだが、ただ、人間の、とくに女性の心理描写というものが極めて少ない。私の使命は、黙して語らぬ彼女たちの胸のうちを、耳を澄まして聞き取ってあげることなので、これまでの三巻、それを心がけて来たのだが、さらに壇ノ浦の滅亡まで、まだまだ多くを語ってもらえそうである。

全巻完結は年末の予定だが、それまでの期間、スタート時からそうしてきたように、平清盛をまねて、折々の写経と毎朝の読経《どきよう》は欠かさず精進してゆくつもり。

何といっても油断大敵、私にとって平家物語は畢生《ひつせい》の難事業なのだから。

（「一冊の本」二〇〇三年五月号）

絵画とも見まがう錦《にしき》

「錦」とは、二色以上の色糸や金銀糸を用いて華麗に織り出した紋織物の総称だが、いまではひろく美しいもののたとえとしてもそう呼ばれている。

その織りかたも、緻密《ちみつ》に複雑に織りあげてゆくので、布のなかでは尊いものとされ、そういえばお坊さま方の袈裟《けさ》や衣に宛《あ》てられ、また、古くは貴族の礼装などに見ることができる。

こんな格のある美しいものなら女でも欲しく、私など娘時代、龍村平蔵氏の制作した錦の帯がどれほど欲しかったやら。

行きずりの人が思わずふり返るような、そんな豪勢な帯をしめてみたいと願っても、何しろ帯一本に家一軒、というほど高価なものだから、持てるわけもなかった。

その錦が、私にぐっと近づいて来たのは、いまからざっと三十年近くも前のこと。

たぶん正月の芝居「助六」を見ての帰り、男女とりまぜて七、八人で食事をしたときの話。話題は当然、たったいま見た遊女揚巻《あげまき》が身につけていた衣裳の、とりわけ豪《ごう》奢《しゃ》極まりないその帯の噂となって座は大いに沸いた。

メンバーには、亡《な》き平蔵氏のご子息が「龍村美術織物」の社長として加わっており、女たちが遠慮ない質問を浴びせるのに丁寧に答えて下さった。

それによると、帯といえども質の高い作品を完成させるまでには、血の出るような努力と、おびただしい手間をつみ重ねてこそ、との説明を聞き、価格の高さも納得できたのだった。

座には当時の中央公論社長の嶋中鵬二さんも同席されており、織物の天才とまでいわれたかの平蔵さんの生涯を小説に描いてみては、と勧めてくれたが、この勧請《かんじょう》が『錦』誕生の発端となったのである。

以来こんにちまで茫々《ぼうぼう》三十年。

その間、一日の懈怠《けたい》もなく営々と仕事に励んだかといえば、そうはうまく事は運ばなかった。

何しろ織物についてはド素人《しろうと》の人間が、遠くシルクロードの根源までさかのぼって勉強しなければならないわけで、年々アタマは古びるばかり。

それに第一の難関は伝記と小説とは全くちがい、私は私の平蔵（小説では菱村吉蔵）を綿密に構築してゆかねばならぬ責務がある。

しかし歳月はようしゃなく流れ、この三十年のうち、中央公論社長嶋中さん、同雅子夫人、そして何よりも頼りにしていた龍村元社長までも帰らぬひととなってしまったのである。

もはや徒手空拳《くうけん》、がんばってがんばって何とか完成に近づけただけに、今日この本を目にするのは心のふるえるほどの喜びである。

（「家庭画報」二〇〇八年六月号）

寒さの夏に――二〇〇九年九月の日記

九月十日（木）

午後、来客二人。二〇一〇年二月明治座で上演される私の「天璋院篤姫《てんしょういんあつひめ》」の配役が決まったその報告のため。

内山理名《りな》さん主役とのこと。たしか彼女は、往年のNHK大河ドラマ「宮本武蔵《むさし》」で、朱実《あけみ》の役を演じたひと。芝居が大きかったという印象だったからよい舞台になるだろう。

今年の軽井沢はお天気のご機嫌がわるくて、一夏の滞在のうち、青空を見せてくれたのはほんの半日かそこいらだった。

寒くて寒くて、一日中カーディガンを手離せず、ストーブはつけっぱなしの連続で、甚だ愉快でなかったので九月はじめには早々に引揚げて来てしまった。

が、東京も大同小異、こんなに寒いのは気温のせいの他、私が異常に痩《や》せたせいなのかもしれない。年をとるとやせるというが、三年ほど前に較べると十二キロ前後も落ちてしまっている。

体感は皮膚や筋肉の肥痩《ひそう》に関係あるらしくて、私が寒くてぶるぶるふるえているとき、家事担当のサエちゃんは若くてふくよかなせいか、暑い暑いという。風呂《ふろ》の加減やクーラーの温度調整もややこしく、いつもこれはうち中の揉《も》めごとの原因となっている。これで体重計にのると、針は常に三十四キロを上下している。なさけなや。

九月十一日（金）

今日もまた郵便たくさん。私信は少なく、大部分は印刷物やら、○×をつけたり印鑑を押したりして返信の要るものばかり。

中に、某所より講演依頼の手紙あり。まことに丁寧な文章なので、読み了《お》えてしばらく心がゆらぐが、目をつむってやっぱりお断りのはがきを書く。

理由は二年前、故郷高知のホテルで夜半、ベッドから転がり落ち、その衝撃で背骨が大きく湾曲し、見るも無残な姿になってしまったこと。何も、声は出るし、目も見える故《ゆえ》、講演に支障はないではないか、といわれればその通りだが、まだ背骨の障害を自分のものとして内に取り込んではいない意久地なさがあって、人前で堂々と話をさせて頂く気にはならないのである。

この怪我《けが》は一生不治だというし、だとするともはや死ぬまで人前に立つ仕事はお断りする羽目に陥ってしまったわけだが、もともと本業はもの書きのはず。腰痛と戦いつつ原稿紙に向えばそれで満足というべきだろう。

九月十二、十三日（土、日）

この日は三日後の記帳なので、こまかいことはすべて忘却の彼方《かなた》。たぶん美容院でパーマをかけたと思う。

九月十四日（月）

この日は読書。

机のわきのつんどくの山から、いまは亡き昭和天皇の侍従長だった入江相政《すけまさ》さんの「余丁町停留所《よちょうまち》」の一冊を抜き出してページを繰る。

この方とお近づきのきっかけは何であったか、たぶん入江さんから貧乏なお公家《くげ》さんの「にらみ鯛《だい》」のお話を聞き、私から土佐の名産うるめを送ってさし上げたことからではなかったろうか。文章も美しいが、頂いたたくさんの著書のサインの文字の何と優雅なこと。

もしいまなおご存命だったら、お話とともにこの文字の美の秘訣《ひけつ》のご教授にあずかりたかったものを、とせんないことなど考えていた午後。

九月十五日（火）

晩のおかずはカツオのタタキ。

我が家は全員土佐出身者なので、カツオも、それもタタキとなると腕におぼえの調理法をそれぞれに開陳してなかなかにかまびすしい。

私などのように四十年以上も前に土佐を離れたものは、あぶったカツオにネギのみじん切りをまぶし、酢醤油《すじょうゆ》に浸して食べるだけのものだったが、いまは調理法は進化の一途である。

まず、刻んだキャベツにみょうがの薄切りを敷き、あぶったカツオを冷水に入れて瞬時に冷やしたものを刺身の切れ大に切って、柚子《ゆず》をふりかける、という食べかたが伝わって来て、東京に住む土佐人はしばらくは皆これを食したもの。

カツオは和風、キャベツは洋野菜、へえこんな食べかたもあるの、と驚いているうち、最近は塩タタキというのが流行《はや》って来た。ビフテキと同じように、レアにあぶったカツオの肉に軽く塩をふりかけるだけのものだが、これがなかなかにいける。

あらあら、というちカツオ一匹おなかにおさまってしまうが、潮流の関係か今年はカツオの漁獲量がぐっと減っているとか、少子化は人間ばかりではないかもしれない。

（「新潮」二〇一〇年三月号）

休筆のあとで

ことごとしく宣言したわけではないから後出しの証文みたいであるのだけれど、最近ほとんど何も書いていないことを気にされている読者もおられるようだから言ってしまうが、私はこの三年ほど〈休筆〉している状態なのである。夫の発病ということがあって、彼の看病、そして彼の死という出来事に対処していくのが精一杯で、今もまだ落ち着いて書斎の机の前に座る気持ちにはなれない。

私と相前後して伴侶《はんりょ》を亡くした津村節子さんにうかがうと、今でも、散歩している折などに井の頭公園で佇《たたず》む吉村さんのスピリチュアルな姿も見てしまうそうだが、私は夫の夢を見たことは一回もない。彼のほうも、そのあたりに、ひょいと姿を現してくれることもない。亡くなってもう二年以上が経《た》ち、つきっきりで看病をし、できるだけのことはやってあげられた、という思いはあるのだが、やはり今でも何かを見、何かを聞けばふと彼を思い出し、仕事には、どうにも力が入らないでいる。

さらには、独りでいる寂しさをまぎらすためにもと気分転換を兼ねて土佐へ帰った時、寝相のすこぶる悪い私はホテルのベッドから転げ落ちて背中を打ちつけ、圧迫骨折をしてしまった。医者の診立《みた》ては冷徹にも「これは治ることはありませんね」であり、以来背中の痛みは宿痾《しゅくあ》と化して私の人生を狭く小さくし、私をますます書斎の机から遠ざけることになったのである。

けれど、さすがにもういい加減、仕事をしなければいけないと自分に鞭打《むちう》って原稿用紙に向かってみるのであるが、これが恐ろしいもので、自分の文章がまるで書けないのである。いくら苦しんでも、適切な言葉が出てこず、自分の文体は出来上らない。こんな経験は作家になって初めてのことであり、これが昔から偉い作家たちがよく言ってきた「毎日書かなければ後退する」ということか、長く机を離れていたバチがあたったかと、私はしたたかに思い知らされた。

文章の流れ、リズム、広がりといったことがうまくいかないだけではなく、言葉の選び方だってそうである。私は思いついた比喩《ひゆ》を書き留めたノートと、辞書から書き抜いた漢語のノートを作っており、これまでは言葉一つひとつに拘《こだわ》り、吟味して書いてきた。直木賞受賞作の『一絃《いちげん》の琴』の中に、池の上で蛍が連なって光っている場面を書きこみたくて、しかしどう書くべきか思いなやんだことがあった。まだ私が会社に勤めていた頃で、通勤電車の中でつり革にぶら下がりながら、「蛍の光の首飾り、と書こうかな、ちょっとおかしいかな」などと三日間くらい考えに考えたことを覚えている。車窓から夏の雲を眺めているうちに、ふっと「あ、『瓔珞《ようらく》』という言葉があった。蛍の瓔珞、ならぴったりだ」と思いついた時は、それはもう身が震えるほど嬉《うれ》しかったものである。それなのに今の私は、やっとの思いで書き上げた原稿を読み直すと、言葉の選択がずいぶんと杜撰《ずさん》になり、同じ単語を繰り返し使ったり、片仮名を安易に用いたりしていて、われながら堕落したことよと恥ずかしくなる。もっとも、これまでだって、私は自分を上手な小説家だと思ったことは一度たりとないし、今も昔も、もっと巧《うま》くなりたいと強く願っている。

そして、次に何を書くかというより書かねばならぬ順番はとっくに決まっており、私の自伝的長篇『櫂《かい》』『春燈』『朱夏』『仁淀川』(すべて新潮文庫)に続く作品と取り組む予定は動かせない。『仁淀川』の末尾で、母の喜和を亡くし、続けざまに父の岩伍をも亡くした主人公綾子を、昭和二十六年初夏の土佐の農村に置いてきたままなのである。昭和二十八年から書き出すことも決めてあるし、おそらく昭和三十八年冬、南国には珍しい大雪が降った日に綾子が婚家を出るまでを扱うことになるだろう。

この長篇では、私がこれまでに試みていない、新しいことを書こうと思っている。

端的に言えば、私が苦手としてきた恋愛を描くことに挑戦してみたいのだ。綾子が、父の死によって解放され、大人の女性として成熟していく。二人の子供を育てながらも、このまま田舎でこんな生活をしていていいのかという疑義を感じ始め、婚家のある村からの脱出を願う。折柄、村で建てた村立保育所の保母に採用され、外への道が開けてくる。男性も夫だけではないと気づいて、心が浮き立ちもする。やがて再婚することになる相手とも邂逅《かいこう》する……。綾子のそんな遅れてきた青春を辿《たど》ってみたいと思うのだが、昔の女である綾子はどうにも恋愛が下手で、なかなか動き出さない。これをどう描いていくか。

正直に言えば、すでに三度、書き出してはみたのである。長篇小説の冒頭は、もちろん、魅力的でなくてはならない。頑張って一枚書けたが、その夜、眠る前に思い返すと、いささか陳腐な出だしだと気づいて、翌朝その一枚は破って捨てた。「ならば、こちらで行こう」という場面を書いてみたが、やはり気に入らず、さらに違う場面から書き起こしたが、まだ満足がいかぬ。目下の私は、そんな繰り返しをしているところである。

小説を書くことは幾つになっても楽にはならず、休筆のせいで勘は鈍っているし、背中が痛むせいで持続力もない。果たして『仁淀川』の続きを書けるだろうか、そんな不安を拭《ぬぐ》い去ることができずにいる。ただ、これだけは書き上げなければ絶対に死ねない——そんな思いは間違いなく私の胸に居座っているのであるが。

（「yomyom」二〇一〇年七月号）

文庫版あとがき

私にとってはいかなる宝石にも替えがたい大切な思い出ばかりとはいえ、何十年も昔の土佐の女たちや世態人情や風土風物のあれこれを取り上げた文章など、今の若い方には異和感があるのではないかと不安ですが、出版社の慫慂《しょうよう》に従い、思い切って新しい文庫を出すことにしました。単行本『生きてゆく力』（海竜社）から古い随筆を省き、新しいものを入れるなど、若干手を加えてあります。お読み頂いて、ほんの少しでもお役に立てば望外のしあわせです。

本書の最後の方にふれたように、背骨と腰の痛みは私の宿痾《しゅくあ》となって、いっこうに良くなる気配を見せてくれません。机に向かう気力体力が奪われ、鬱々《うつうつ》たる日々が長く続いていました。けれどある日、ふっと「このままではいかん」と一念発起し、誰に相談することもせず、住み慣れた東京の家をさっさと引き払って、土佐へと帰ることにしました。このあたりの切り替えの早さは、幾つになっても私が土佐の女だということでしょうか。

故郷で暮らすのは実に四十六年ぶりになります。久方ぶりに居を構えた高知市は一見、どこにでもある地方都市になってしまっていました。それでも一枚めくれば昔と変わらぬ顔を見せ、真夏の猛暑には閉口するとはいえ一年中温暖で、四季折々においしい食材があふれ、人びとが喜怒哀楽をはっきりさせて生きているのです。この懐《なつ》かしい土地で感動を拾い集めながら、しばし療養につとめ、次の小説にゆっくり取り組むつもりでおります。

目下のところ、一枚書いては絶望し、また書いては破り棄《す》て、を繰り返しています。それがいつか実って、七十代で書いた小説より少しでもいいものができあがれば、どんなにうれしいことでしょう。読者の皆さま、どうぞ今しばらくお待ちください。

平成二十四年七月

高知城に緑濃く繁る楠《くすのき》を書斎から眺めながら

宮尾登美子

解　説

大　森　望

本書『生きてゆく力』は、著者が小学校二年生まで暮らしていた高知市緑町四丁目の生家にまつわる思い出からはじまる。

時は昭和のはじめ。芸妓《げいぎ》娼妓《しょうぎ》紹介業を営む父は、貧乏長屋がひしめきあうこの地区で、だれも引き受けようとしない町内会長を進んでつとめていた。親兄弟一家眷属《けんぞく》を養うために娘が身を売り、売るべき娘のいない家では川のしじみや青海苔《あおのり》を採って売り歩いていた時代……。

それはちょうど、宮尾さんの自伝的な長編小説『櫂《かい》』（新潮文庫）に活写された時代と重なる。生家に住み込みで働いていた菊や絹のことは、小説の中でも、母・喜和の視点から現在進行形の物語として描かれているけれど（五社英雄《ごしゃひでお》監督の映画版『櫂』では、若き石原真理子が菊を演じてました）、同様のエピソードが、ここでは七十年余の時を経て、娘（小説では綾子）の視点から語られることになる。

もちろん、どちらの場合も実際に書いているのは宮尾さんですが、濃密な文章で綴《つづ》られる小説が極彩色の映画だとしたら、やわらかな語り口で在りし日々をふりかえる随筆は、セピア色の回想シーン。もしくは、映画本編に対するオーディオ・コメンタリー（音声解説）のようなものだとも言えるかもしれない。その一方、ところどころに、はっとするような生々しい逸話も混じる。終戦から三十年経《た》って、著者の兄が、消息不明だった菊と高知市の中心街で再会するエピソードは鮮烈だ。

第一部の二番めの章「運命を受け入れて」では、著者が寝食をともにした五人の〝仕込みっ子〟（芸妓となって座敷に出るまでのあいだ、住み込みで芸事を仕込まれる少女たち）の思い出が語られるが、彼女たちの物語は、『寒椿《かんつばき》』に生かされている。宮尾文学の読者なら、それ以外にも、前述の『櫂』にはじまり『春燈』『朱夏』『仁《に》淀川《よどがわ》』と続く〈綾子もの〉や、『陽暉楼《ようきろう》』、『岩伍《いわご》覚え書』など、さまざまな小説群とのつながりを発見できるだろう。

さてここで、本書『生きてゆく力』のなりたちについてあらためて紹介しておこう。第一部「心に突き刺さる思い出」は、二〇〇五年から二〇〇八年にかけて、月に一回の割合で宮尾さんが毎日新聞に連載していたエッセイをテーマ別に四章に分けて編集したもの。それ以外のエッセイをいくつか加えて二〇〇九年六月に海竜社から単行本化されたが、この新潮文庫版は、毎日新聞連載分を除く二章分（三章「人生の豊かさと出会い」と四章「小説と家事の深い関係」）を単行本版から割愛し、新たに第二部「感動を拾い集めて」として、これまで単行本に収録されていなかったエッセイ十八編を追加している。単行本とくらべて、全体の四割近くが新しくなったというだけでなく、第二部を追加したことで、宮尾さんが歩んできた八十年余の歳月と作家歴を一望できる、登美子クロニクル的な一冊となっている。

宮尾さんが六歳の頃（昭和七年）から、生後五十日の長女を連れて十八歳で渡った満州のこと、難民収容所での生活、帰国後に夫の実家で慣れない農業に励んだ日々、父の死、短編「連」で第五回女流新人賞受賞したときの思い出、『宮尾本　平家物語』や『錦』の舞台裏、さらには「寒さの夏に——二〇〇九年九月の日記」を経て、『仁淀川』の続きを書きたいという心情を吐露した「休筆のあとで」まで、本書で描かれる時間の広がりは八十年にも及ぶ。

年譜と対照しながらこうやってエッセイで振り返ってみると、つくづくたいへんな作家だと脱帽するしかない。

……などと、作家・宮尾登美子について、若輩者の僕ごときがあれこれいうのもおこがましいが、こう見えても、宮尾さんとのつきあいは長い。なにしろ、はじめてお目にかかってから、すでに半世紀以上が過ぎている。

ええっ？　と思った人のために種明かしすると、当時、高知新聞文化部に勤めていたうちの母親が宮尾さんとたいそう親しく、僕は生まれたばかりの頃から宮尾さんの腕に抱かれていたのである。

『宮尾登美子全集　第十五巻　日記・年譜・著書目録』の月報にうちの母（英保迪恵《あぼみちえ》）が寄せた「高知時代の宮尾さん」によれば、取材を通じて宮尾さんと知り合ったのは、僕が生まれる五年ほど前（昭和三十一年）のこと。宮尾さんが高知県社会福祉協議会に保育係として勤めていた頃は、毎日のように喫茶店で会っておしゃべりしていたという。

さらに、宮尾さんが勤めを辞めて専業作家になり、「連」（前田とみ子名義）で第五回女流新人賞を受賞した昭和三十七年には、うちの両親が働いている日中（父親も高知新聞の記者だった）、宮尾さんが（保母の経験を生かして）満一歳の僕を預かってくれていたらしい。つまり、「大森望は宮尾登美子に育てられた」といっても、あながちウソではないのである（まあ、当時の宮尾さんはまだ前田とみ子さんだし、僕も大森望じゃなかったわけですが）。

当然のことながら、僕が生まれてはじめて会った作家は宮尾さん。さすがに初対面の記憶はありませんが、宮尾さんから送られてきた私家版の『櫂』を母に見せてもらったときのことはよく覚えているし、宮尾さんが帰郷のたびにうちに訪ねてきた頃のことや、母に連れられて南六郷《みなみろくごう》のご自宅にお邪魔したときのこともぼんやり記憶に残っている。ここ数年、各種の文学賞についてあれこれ好き勝手なことを言ったり書いたりするのが半分仕事みたいになっている大森ですが、最初に存在を認識した文学賞は、宮尾さんが『櫂』で受賞した太宰治賞だったし、直木賞をはじめて身近に感じたのも、宮尾さんが『一絃《いちげん》の琴』で受賞したときだった。就職活動中には、会社訪問のために各社の担当編集者を紹介していただいたし、僕が新潮社に入社してからは、新潮文庫の編集者として、『もう一つの出会い』や『楊梅《やまもも》の熟れる頃』を担当させていただいた。思えば、一歳の時分からお世話になりっぱなしなのである。

そのため、いくつになっても、宮尾さんの目には子供に映るらしく、数年前、中央公論文芸賞だかの贈賞パーティでお目にかかった折には、「あんたもこういうところへ来れるようになったかね」と喜んでいただき、その夜はうちの母に「未來《みくる》（僕の本名です）も立派にやりゆうみたいやねえ」とわざわざ電話をくださったとか。

最近ではなかなかお目にかかる機会がないが、今も年に一度くらい、宮尾さんから、「もしもし、みくるくんかね。だれかわかる?」とお電話をいただくことがある。今や僕のことを「みくるくん」と呼ぶのは世界中で宮尾さんおひとりなので、だれなのかはすぐにわかりますってば。

私事ばかりですみませんが、ついでにもうちょっと書かせていただくと、前記の月報エッセイでうちの母が披露しているのは、昭和三十九年ごろの夏、宮尾さんが服地を携えて、わが家にミシンを借りにきたときのエピソード。童謡を歌って小さな子ども(僕です)をあやしながら、宮尾さんは型紙も赤鉛筆も使わず、いきなり布にハサミを入れてゆく。以下、母の文章を引用しよう。

やがて半袖ワンピースのできあがり。羨《うらや》ましそうに見る息子に「今度は未來くんの分も作ろうかねぇ」と言い、初めよりは裁ち合わせを考えているかに見えたと思ったら、もうミシンを踏んでいる。間もなく襟なし袖なし大小二枚の服が完成。最後の生地でも子ども用を作り、自分用はノースリーブの衿《えり》つき、ウエスト切替えと、三枚それぞれにデザインを変え、共布のベルトまで出来ている。夕刻には仕立ておろしの服を身に、颯爽《さっそう》と帰って行った。

宮尾さんの「みくるくん」は半世紀近く前からの呼び名だったのかと感慨深い一方、裁縫に関してもプロ並みの伎倆《ぎりよう》を誇る宮尾さんのスーパーウーマンぶりが窺《うかが》える（読みながら、NHKの朝ドラ「カーネーション」の糸子を思い出しました）。

さらに、母がこの原稿の執筆時（一九九三年十月）、童謡の歌詞を確認するために電話したところ、宮尾さんは即座に三十年前と同じ声でその歌を三度くりかえして歌ったという。そういう記憶力が、自伝的小説群や回想エッセイの鮮やかなディテールを支えているのだろう。本書に収録された「いちばん始めは一の宮」では、六十年以上も前に歌った歌が克明に記録されているけれど、もしかしたらこのときも、そうやって実際に歌いながら書いたのかもしれない。

こうした数々の思い出と並ぶ、本書のもうひとつの主役は、宮尾さんの生まれ故郷、土佐・高知のさまざまな事物、とくに食べもの。

『櫂』は、楊梅売りがやってくる場面で幕を開けるが、本書第一部「楊梅も、キビ団子も」にもその話が出てくる（『櫂』では、「この緑町四丁目に限って呼び声を上げない」と書かれているのに、エッセイのほうでは「えー、楊梅はえー」と自慢の声をはりあげてやってくるのがおもしろい)。

僕自身、高知生まれの高知育ちなので、(さすがにもう呼び売りの時代ではなかったものの)子どもの頃は、シーズンになると、むろ蓋《ぶた》いっぱいに詰められた楊梅をむさぼり食うのが楽しみだった。いま、東京・江戸川区にあるうちのマンションの前にも楊梅の木が生えてますが、実が生《な》ってもだれもとらず、歩道に紫色の染《し》みをつくるばかりなのがつくづくもったいない。

もうひとつ、本書を読んで懐《なつか》しく思い出したのが浦戸《うらど》湾のニロギ。僕も中学生のころ、近所の釣り好きのおじさんに連れられて、よく浦戸湾へニロギを釣りに行きました。ニロギは、スズキ目ヒイラギ科の魚で、高知でいうニロギは、全国的にはヒイラギと呼ばれているらしい。うちでは煮付けにして食べてました。

こんなふうに思い出話を語りはじめたらキリがない。土佐を離れて三十年以上になる人間としては、本書を読むと無性に高知に帰りたくなるわけですが、当の宮尾さんは、二〇一二年の五月、四十六年ぶりに高知に転居した。新しい住まいは、目の前に高知城がそびえる、市の中心部だと聞く。お城の敷地には、宮尾文学の貴重な資料を多数収蔵する高知県立文学館があり、すぐ前の追手筋では、毎週、本書にも描かれている〈日曜市〉が立つ。大橋通のアーケード街も、徒歩数分の距離。いまごろ宮尾さんは、慣れ親しんだ町をのんびり歩きながら、新作の想を練っているかもしれない。
本書の最後を飾るエッセイ「休筆のあとで」に予告されているとおりなら、執筆中の新作は、『仁淀川』に続く〈綾子もの〉の長篇。昭和二十八年から始まり、大人の女として成熟してゆく綾子の恋愛が描かれるはずだ。故郷に帰って活力をとりもどした宮尾さんがこの長篇を書き上げる日を、多くのファンとともに心待ちにしている。

（二〇一二年七月、翻訳家・文芸評論家）

本書は、二〇〇九年六月海竜社より刊行された『生きてゆく力』の一章、二章、五章、六章を第一部とし、あらたに書籍未収録エッセイを集め、第二部としたものです。

宮尾登美子著

もう一つの出会い

初めての結婚、百円玉一つ握りしめての家出、離婚、そして再婚。様々な人々との出会いと折々の想いを書きつづった珠玉のエッセイ集。

宮尾登美子著

きのね（上・下）

夢み、涙し、耐え、祈る……。梨園の御曹司に仕える身となった娘の、献身と忍従。健気に、そして烈しく生きた、或る女の昭和史。

宮尾登美子著

寒椿

同じ芸妓屋で修業を積み、花柳界に身を投じた四人の娘。鉄火な稼業に果敢に挑んだ彼女達の運命を、愛惜をこめて描く傑作連作集。

宮尾登美子著

櫂《かい》

太宰治賞受賞

渡世人あがりの剛直義侠の男・岩伍に嫁いだ喜和の、愛憎と忍従と秘めた情念。戦前高知の色街を背景に自らの生家を描く自伝的長編。

宮尾登美子著

春燈

土佐の高知で芸妓娼妓紹介業を営む家に生まれ、複雑な家庭事情のもと、多感な少女期を送る綾子。名作『櫂』に続く渾身の自伝小説。

宮尾登美子著

朱夏

まだ日本はあるのか……？　満州で迎えた敗戦。その苛酷無比の体験を熟成の筆で再現し、『櫂』『春燈』と連山をなす宮尾文学の最高峰。

宮尾登美子著　仁淀川

敗戦、疾病、両親との永訣。絶望の底で、二十歳の綾子に作家への予感が訪れる――。『櫂』『春燈』『朱夏』に続く魂の自伝小説。

幸田文著　父・こんなこと

父・幸田露伴の死の模様を描いた「父」。父と娘の日常を生き生きと伝える「こんなこと」。偉大な父を偲ぶ著者の思いが伝わる記録文学。

幸田文著　流れる
新潮社文学賞受賞

大川のほとりの芸者屋に、女中として住み込んだ女の眼を通して、華やかな生活の裏に流れる哀しさはかなさを詩情豊かに描く名編。

幸田文著　おとうと

気丈なげん、と繊細で華奢な碧郎。姉と弟の間に交される愛情を通して生きることの寂しさを美しい日本語で完璧に描きつくした傑作。

幸田文著　木

北海道から屋久島まで木々を訪ね歩く。出逢った木々の来し方行く末に思いを馳せながら、至高の名文で生命の手触りを写し取る名随筆。

幸田文著　きもの

大正期の東京・下町。あくまできものの着心地にこだわる微妙な女ごころを、自らの軌跡と重ね合わせて描いた著者最後の長編小説。

新潮文庫最新刊

金原ひとみ著
アンソーシャル ディスタンス
谷崎潤一郎賞受賞
整形、不倫、アルコール、激辛料理……。絶望の果てに掴んだ「希望」に縋り、疾走する女性たちの人生を描く、鮮烈な短編集。

梶よう子著
広重ぶるう
新田次郎文学賞受賞
武家の出自ながらも絵師を志し、北斎と張り合い、やがて日本を代表する〈名所絵師〉となった広重の、涙と人情と意地の人生。

千葉雅也著
オーバーヒート
川端康成文学賞受賞
大阪に移住した「僕」と同性の年下の恋人。穏やかな距離がもたらす思慕。かけがえのない日々を描く傑作恋愛小説。芥川賞候補作。

カツセマサヒコ・山内マリコ
恩田陸・早見和真
結城光流・三川みり
二宮敦人・朱野帰子 著
もふもふ
―犬猫まみれの短編集―
犬と猫、どっちが好き？　どっちも好き！　笑いあり、ホラーあり、涙あり、ミステリーあり。犬派も猫派も大満足な8つの短編集。

大塚已愛著
友喰い
―鬼食役人のあやかし退治帖―
富士の麓で治安を守る山廻役人。真の任務は山に棲むあやかしを退治すること！　人喰いと生贄の役人バディが暗躍する伝奇エンタメ。

森美樹著
母親病
母が急死した。有毒植物が体内から検出されたという。戸惑う娘・珠美子は、実家で若い男と出くわし……。母娘の愛憎を描く連作集。

生《い》きてゆく力《ちから》

新潮文庫　み－11－19

平成二十四年九月一日発行
令和六年二月十日五刷

著者　宮《みや》尾《お》登《と》美《み》子《こ》
発行者　佐藤隆信
発行所　株式会社新潮社
郵便番号　一六二―八七一一
東京都新宿区矢来町七一
電話　編集部(〇三)三二六六―五四四〇
読者係(〇三)三二六六―五一一一
https://www.shinchosha.co.jp

価格はカバーに表示してあります。

乱丁・落丁本は、ご面倒ですが小社読者係宛ご送付ください。送料小社負担にてお取替えいたします。

印刷・株式会社光邦　製本・株式会社大進堂

© Tamaki Miyao 2009 Printed in Japan

ISBN978-4-10-129320-2 C0195